LES ACCORDS SILENCIEUX

Marie-Diane Meissirel

LES ACCORDS SILENCIEUX

LES ESCALES
DOMAINE FRANÇAIS

92, avenue de France
75013 Paris – France
Courriel : contact@lesescales.fr

ISBN : 978-2-36569-693-7
Dépôt légal : janvier 2022
Imprimé en France

Couverture : Hokus Pokus Créations
Mise en pages : Nord Compo

À Mathilde Oschwald
et Arthur Oschwald Jr.

Aux âmes sœurs

Quand les âmes se font chant,
Le monde d'un coup se souvient.
La nuit s'éveille à son aube ;
Le souffle retrouve sa rythmique.
Par-delà la mort, l'été
Humain bruit de résonance

Quand les âmes se font chant.

François Cheng

I

Non dû mais don, mais abandon
À l'endurance, à la durée,
D'où l'abondance inattendue.
Tout don de vie abonde en don.

François Cheng

Chapitre 1

Hong Kong, 25 septembre 2014

Seule dans le noir, Tillie guette les derniers rayons du soleil. Ils sont les rares visiteurs de sa maison de Happy Valley, les compagnons de ses interminables journées. Elle aimerait aussi accueillir le vent, sa caresse, ses murmures mais ici, il est sauvage et ne vient qu'en rafales, alors les fenêtres restent closes pour éviter que les portes ne claquent et se referment sur sa solitude. Chaque faisceau lumineux soulève une poussière d'étoiles et pave une voie vers cet autre monde où l'attendent ceux qu'elle porte dans son cœur. Pourquoi ne pas partir maintenant ? Fermer les yeux et se laisser glisser vers cet au-delà peuplé de visages familiers... Mais la vie s'accroche et la retient malgré elle. Ce mystère la dépasse : que lui reste-t-il à faire sinon s'y abandonner, elle qui n'a plus personne à qui donner ?

Tillie rêve, des après-midi entiers, allongée sur la méridienne du salon. Elle quitte son corps, usé par les années. Un rire d'enfant dans la rue : elle s'évade vers les ateliers de Steinway dans le Queens, y joue à cache-cache avec son jumeau, parmi les ceintures de bois, jusqu'à ce que leur grand-père les gronde et les oblige à attendre sous les pianos qu'il règle avant leur sortie de l'usine. Elle respire alors, à pleins poumons, le parfum du bonheur : celui qui mêle l'aigreur de la colle et du vernis à la douceur de la sciure et du feutre. Une bouchée de strudel : elle retrouve la cuisine de sa grand-mère, au cœur des maisons ouvrières de Steinway Village, et lèche le fond de la casserole où les pommes, le beurre et le sucre se sont imprégnés du goût de la cannelle. La sirène d'une ambulance : elle court hors d'haleine dans les rues de Manhattan pour rattraper son retard ; le concert va commencer, toute sa famille a déjà pris place à Carnegie Hall, les applaudissements retentissent pour accueillir Sergueï Rachmaninov ; derrière le rideau de velours rouge, elle aperçoit le sourire de son père, l'oreille tournée vers le piano qu'il a accordé dans l'ombre. Le sifflement discordant d'un coucou koël : elle marche sur un sentier qui s'enfonce dans la jungle pour ressurgir sur un col perdu dans les nuages, avant de replonger à pic vers la mer. Elle admire les coulées de lave végétale qui déferlent vers des eaux de jade ainsi que la découpe ciselée de la côte hongkongaise où se nichent des croissants de sable ocre. Sous le dais fleuri d'une allée de flamboyants, elle court vers la plage et plonge dans les reflets du soleil couchant. Le ciel s'embrase, enveloppe d'un halo orangé les îlots rocheux et transforme les jonques, aux voiles déployées, en ombres flottantes. Là-bas, au loin, son mari lui fait signe : la nuit tombe, Tillie tente de le rejoindre mais le vent s'est levé, elle peine à avancer, des vagues furieuses s'enflent à la surface de l'eau, à bout de forces, elle se laisse emporter par le courant qui l'attire vers les abysses. Elle ne respire presque plus, son corps inanimé gît au fond de la mer de Chine. Tout est silencieux. Six notes timides, un accord qui enfle, une mélodie, celle de l'*Adagio* de Pa, on la joue sur son piano. Son cœur se remet à battre, une main la tire vers la surface. Une quinte de toux lui déchire la poitrine et la réveille en sursaut. Le piano se tait.

Le couvercle de l'instrument est refermé avec précipitation. Dans le silence s'élèvent, de part et d'autre du grand paravent, deux respirations rapides. L'instant se prolonge dans l'écho des souffles. Tillie trouve la force de se lever. Avec l'aide de sa canne, elle vient poser son œil contre la séparation. Derrière les interstices du feuillage de bois, elle aperçoit une jeune femme assise devant son Steinway. Un rayon de soleil se pose sur ce visage de lune et révèle un ovale parfait, un teint de porcelaine, des cheveux noirs et soyeux, des sourcils à peine tracés, de grands yeux en amande, un nez plat, relevé par des lèvres charnues et un grain de beauté, unique, posé comme une larme sous l'œil gauche. Cette jeunesse l'éblouit et l'attire.

De l'autre côté de la pièce, le miroir lui renvoie l'image de son visage oblong, encadré par ses cheveux de neige ; sous ses yeux d'opale, le temps a creusé de profonds sillons tandis que le soleil a moucheté sa peau laiteuse dont la finesse laisse apparaître des veines bleutées. Elle sort de sa cachette et se dirige d'un pas hésitant vers l'instrument. Son piano, Tillie l'évite depuis des mois : le tremblement incessant de ses mains l'a séparée de son dernier confident. Observer son silence est devenu trop douloureux. Elle pensait l'avoir, lui aussi, perdu pour toujours.

Aujourd'hui, elle le retrouve avec l'émerveillement de leur première rencontre, enrichi de ce qui les lie depuis. Elle se souvient de la joie teintée de tristesse qui lui avait alors serré le cœur et c'est avec ce même pincement qu'elle avance vers lui, que son regard l'embrasse dans toute sa longueur, que son nez hume son parfum de bois, de vernis et de feutre, que ses doigts frôlent ses cordes nues, glissent sur son manteau fauve et satiné et s'arrêtent sur les deux papillons. Au contact des ailes délicates, gravées dans la ceinture de bois, son corps tout entier se met à trembler. Elle perd l'équilibre et s'accroche au Steinway pour ne pas basculer en arrière. La jeune femme, jusque-là restée immobile, se précipite derrière elle et la maintient, son corps pressé contre le sien. Le long de son cou, Tillie reçoit le souffle de l'inconnue ; au creux de son dos, elle accueille les battements de son cœur. Ce rapprochement soudain l'apaise. Elle ne tremble plus. Avec confiance, elle se retourne. Gênée, l'autre fait un pas de côté et baisse le regard. Tillie s'étonne de se trouver face à un être si frêle : elle a ressenti une telle force derrière elle, un soutien venant de bien plus loin. Elle s'adresse à la visiteuse :

— Avez-vous joué l'*Adagio* de Pa ou était-ce encore l'un de mes rêves ?

Dans un anglais timide, au fort accent, la Chinoise répond à la vieille dame :

— C'était l'*Adagio* du *Concerto italien en ré mineur* de Bach, BWV 974. Je suis désolée de vous avoir réveillée. C'est votre aide qui m'a autorisée à me mettre au piano. Je suis...

— C'est troublant, l'interrompt Tillie, vous l'avez interprété exactement comme mon père : ce tempo plus lent, ces ornements si mélancoliques... Ce morceau, c'est le seul qu'il jouait ; chaque jour passé à ses côtés, je l'ai entendu. Pouvez-vous le rejouer pour moi ?

— Bien sûr, bredouille l'inconnue, encore gênée.

Tillie lui fait signe d'avancer un grand fauteuil en orme près du tabouret. Elle veut voir les mains sur les touches, capter les vibrations du corps, sentir la chaleur du souffle, s'approcher au plus près de la source intime qui jaillira et fera vivre ce chant aimé. Posées sur ses genoux, ses mains presque centenaires ne cessent de trembler. La jeune femme ajuste son assise, baisse la tête, ferme les yeux, inspire profondément, retient sa respiration avant d'expirer en trois temps, déjà son souffle épouse le rythme de l'*Adagio*. Alors, son majeur gauche vient à la rencontre du clavier et égrène six notes timides, son index le retrouve pour lui donner la force d'un accord, puis son petit doigt vient en renfort et offre à sa main droite l'élan nécessaire pour porter la mélodie. Le corps de Tillie s'est enfin immobilisé, son âme vibre à nouveau. Le morceau fini, les deux femmes écoutent les résonances du silence. Lorsque enfin elles se regardent, elles se rencontrent dans la sérénité d'un même sourire.

— Vous reviendrez, j'espère, dit Tillie. Xià, n'est-ce pas ? Je me souviens maintenant : Xià comme l'été, 夏. De toutes les réponses à l'annonce que nous avons passée, je n'ai retenu que la vôtre. C'est votre parcours qui m'a intriguée, il y avait une brisure... si rare...

La vieille dame marque une longue pause avant de reprendre sur un ton moins évasif :

— Je suis désolée, je ne me suis même pas présentée, je suis Mathilda mais tout le monde m'appelle Tillie. C'est moi qui ai fait mettre l'annonce pour trouver un pianiste pour mon Steinway. Je ne peux plus jouer, vous comprenez...

Elle montre ses mains tremblantes, soupire longuement avant d'ajouter :

— Venez quand vous voulez, ma porte vous sera toujours ouverte.

— Madame, vous êtes sûre ? répond Xià, incrédule. Vous ne voulez pas m'entendre jouer un autre morceau ? Vous savez, cela fait longtemps que j'ai arrêté, peut-être que je n'ai plus le niveau…

— Peu importe le niveau, vous avez l'envie ! C'est de cela dont j'ai besoin. Excusez-moi, je suis très fatiguée, je dois m'allonger. Revenez vite, c'est tout ce que je vous demande.

Chapitre 2

Extraits du journal de Tillie

New York, juin 1937

La nuit dernière, j'ai été réveillée par les cris de Joseph. Je me suis précipitée dans sa chambre ; il se battait contre les rideaux comme s'il voulait en extraire un fantôme. Je me suis approchée de lui le plus lentement possible pour ne pas le réveiller, ne surtout pas l'effrayer... Délicatement, j'ai posé mes mains sur ses épaules puis lui ai murmuré que c'était moi, qu'il fallait se recoucher, que le matin était encore loin.

Sous mes mains, à travers son pyjama imbibé de sueur, je sentais son corps trembler. Je l'ai guidé jusqu'à son lit, me suis assise par terre et, mon visage à la hauteur du sien, lui ai fredonné l'air de la Wiegenlied *de Brahms en caressant ses boucles humides. J'ai vu la terreur nocturne battre en retraite et le calme poser son baiser sur ses traits apaisés. J'ai gagné : une fois encore, j'ai été la gardienne victorieuse des nuits de mon jumeau.*

J'allais quitter sa chambre quand je l'ai entendu chuchoter. Il s'inquiétait que je lui en veuille encore. Encore de quoi ? lui ai-je répondu, de m'avoir réveillée en pleine nuit ? Tout en sachant pertinemment qu'il pensait à mes déboires avec nos parents et qu'il se reprochait son silence, là où j'avais espéré son soutien. Il a tenu à s'expliquer : c'était un crève-cœur pour lui de me voir renoncer à mes études musicales pour aller travailler chez Steinway, il avait tant espéré poursuivre sur cette voie avec moi. Je me suis fâchée : il savait très bien que nous n'allions pas continuer ensemble, que depuis longtemps il était engagé sur la voie de l'excellence alors que je peinais à convaincre notre mère de mes talents, que ses études à la Juilliard n'étaient en rien comparables avec les cours dispensés à l'école de musique de Mme Steiner. J'ai ajouté que tout cela avait peu d'importance, que ma décision de devenir vendeuse au Steinway Hall, je l'avais prise il y a bien longtemps. Ce à quoi il s'est empressé de me répondre qu'il savait exactement de quand datait ma décision, qu'il se souvenait de la nuit où notre père était rentré à la maison après avoir assisté à la rencontre de Rachmaninov et Horowitz dans le Basement de Steinway Hall, subjugué par l'interprétation fulgurante du Concerto n° 3 *que le jeune pianiste avait offerte au compositeur. Il en tremblait encore, ses yeux brillaient d'émotion. Je l'avais serré dans mes bras et m'étais exclamée : « Pa, il y a donc un nouvel immortel ? » Il avait souri, passé sa main dans mes longs cheveux et répondu : « Cela ne fait aucun doute. » Joseph n'avait pas oublié mes mots d'alors : « Il faudra faire en sorte que ce monsieur Horowitz ait toujours un Steinway, je t'aiderai, Pa, moi aussi je travaillerai au service des immortels. » Dix ans après, tu tiens ta promesse ! a conclu Joseph avec admiration.*

À l'évocation de ce souvenir, j'ai senti ma gorge se serrer et les larmes prêtes à couler. Qui d'autre que mon jumeau pouvait se souvenir d'un tel instant et en comprendre la portée ? Oh ! mon frère adoré, tu me connais si bien ! Moi aussi, je sais exactement de quand date ta vocation de violoncelliste. Ce jour-là, je ne l'oublierai jamais...

Pour la énième fois, Frieda nous avait chassés de son studio car nous faisions trop de bruit pour ses élèves qui ne s'entendaient plus chanter. Trop heureuse d'échapper à la supervision de notre grand-mère pour enfin jouer librement les Walkyries, je t'avais embarqué sous mon aile tel un héros déchu dans une course effrénée jusqu'à ce que je te perde dans les couloirs de Carnegie Hall. Je t'ai cherché partout et j'ai fini par te retrouver, l'oreille collée contre une porte, dans un état proche de l'extase. Furieuse, je me suis emportée contre toi. La porte s'est ouverte : un petit homme chauve, violoncelle au bras et pipe en bouche, nous a regardés sévèrement. Tu n'as pas laissé au musicien le temps de parler, toi en temps normal si timide, tu lui as d'emblée demandé quel morceau il était en train de jouer. J'avais rarement senti autant d'émotion dans ta voix. L'homme a répondu que c'était la Suite n° 1 *de Bach et nous a invités à entrer pour l'écouter. La musique m'a touchée mais j'étais encore plus surprise par ton attitude, tu semblais hypnotisé par les vibrations du violoncelle. Au moment de nous donner congé, le violoncelliste a posé sa main sur ton épaule et t'a dit avec insistance : «* Hijo, *j'espère qu'on se reverra. » Tu t'es ensuite précipité au foyer pour attraper le programme du soir, on y a appris que Pablo Casals interpréterait, sous la direction de Wilhelm Furtwängler, le* Concerto pour violoncelle et orchestre *de Schumann. Je sais que, ce jour-là, ton destin a épousé sa trajectoire. Tout comme toi, je suis la détentrice de tes souvenirs les plus précieux.*

De retour dans le couloir, j'ai sursauté. Ma était là, dans le noir, son visage aussi pâle que sa longue chemise de nuit. Depuis combien de temps nous espionnait-elle ? Elle était une fois de plus arrivée trop tard et c'est moi qui avais sauvé Joseph de sa terreur nocturne, ça a toujours été moi ! Notre mère ne connaît pas nos secrets. Elle reste au seuil de notre intimité, trop attachée à l'idée qu'elle s'est faite de qui nous devrions être pour comprendre qui nous sommes vraiment. Je lui en veux pour cela et tant d'autres choses. Je me suis fait la promesse qu'elle ne se mettrait jamais entre Joseph et moi, nous sommes unis pour toujours, rien ne pourra jamais séparer nos âmes sœurs.

* *
*

New York, septembre 1937

Aujourd'hui, c'était mon premier jour en tant que vendeuse chez Steinway & Sons. J'étais émue en arrivant devant la grande porte du 109 et pourtant, combien de fois en ai-je franchi le seuil depuis mon enfance ? Mais cette fois-ci, c'était différent, je n'étais pas là pour rendre visite à un membre de ma famille, j'y étais pour démarrer ma vie professionnelle, pour faire mon premier pas vers l'indépendance. J'en suis convaincue : ce n'est pas seulement mon rêve d'enfant qui me guide, ma plus grande motivation, c'est ma volonté de m'éloigner de la carrière de professeur de piano que Ma aimerait m'imposer. Je ne veux plus vivre en fonction de ses désirs, elle ne choisira plus ce que je dois faire, ce que je dois écouter, ce que je dois jouer, etc. Je ne renoncerai pas au piano, je suis bien trop attachée à la musique mais je veux jouer comme je l'entends, explorer tous les horizons musicaux. J'ai envie de chanter, de danser, de voyager, de vivre autrement, je ne sais pas encore comment mais je trouverai...

J'ai attendu Grandpa comme il me l'avait demandé. J'aurais préféré faire une entrée discrète mais il tenait absolument à me présenter lui-même aux autres vendeurs. Je crois qu'il était très ému lui aussi, il a insisté pour me décrire tous les éléments de la façade du Hall comme si je la découvrais, je n'ai pas échappé à l'énumération des compositeurs dont les profils sculptés ornent la façade. J'ai aussi eu droit à un rappel de ses débuts chez Steinway & Sons comme simple vendeur à son arrivée d'Allemagne et de son ascension à sa position actuelle de directeur des ventes. Je l'ai écouté patiemment. Je sais tout ce que je lui dois. S'il n'était pas intervenu auprès de Ma, je serais certainement en train de me morfondre dans une école de musique pour jeunes filles.

Je ne vais pas mentir ici. La journée a été assommante. On m'a installé un bureau au premier étage, dans la mezzanine du dôme, loin de l'entrée, loin de l'activité. De mon perchoir, je peux observer les vendeurs qui m'évitent poliment. J'ai eu tout le loisir de détailler les fresques de la voûte et de compter les cristaux du lustre central. Quel ennui ! Je serais volontiers allée rendre visite à Pa au Basement mais je craignais que cela ne soit mal vu de mes collègues. Je n'ai poussé mes explorations qu'aux salons d'exposition pour me familiariser avec les modèles en vente. J'ai même eu le temps d'apprendre par cœur la brochure de présentation du Pianino. À l'heure exacte de la fermeture, tous les vendeurs sont partis. J'en ai profité pour m'installer à l'un des bureaux du rez-de-chaussée pour attendre Grandpa et Pa avec qui nous avions convenu de dîner. Je commençais presque à regretter mon choix de travailler ici…

Je ne l'ai pas entendue entrer, la première chose que j'ai vue ce sont ses chaussures vernies noires qui dépassaient à peine sous sa robe en soie bleu nuit, j'ai ensuite découvert le reste de sa silhouette, enroulée dans un manteau sombre au col fourré. Et seulement après, son visage ; je ne l'oublierai jamais. J'ai à peine relevé la tête que son regard aimantait déjà le mien : si franc, si pétillant, je ne voyais rien d'autre. Et puis elle m'a souri et d'une voix chaude s'est excusée de sa visite tardive tout en me demandant si elle pouvait essayer un piano, elle y tenait absolument.

J'ai bredouillé qu'il était malheureusement trop tard et lui ai suggéré de revenir un autre jour mais elle a insisté, c'était très important pour elle. Je ne pouvais pas le lui refuser, il y avait un tel aplomb dans sa requête et je peux l'écrire, j'étais subjuguée par sa beauté. Je l'ai conduite au premier étage dans le salon Directoire, où j'avais repéré un magnifique modèle L en bois de cerisier, et l'ai invitée à y prendre place. Elle n'a pas pris la peine d'enlever son manteau mais a retiré ses gants, a caressé religieusement le bois lisse du couvercle puis l'a soulevé et aussitôt ses mains ont commencé à danser sur des rythmes de jazz. Mon cœur s'est mis à battre si rapidement à l'écoute de cette musique que je guette à tout moment à la radio mais que je n'avais jusque-là jamais entendue en vrai. Alors qu'elle jouait, je pouvais l'entendre murmurer des paroles. Entre deux morceaux, je lui ai demandé si en plus d'être une pianiste remarquable, elle était aussi chanteuse. Elle a eu un rire nerveux puis sur le ton de la confidence m'a soufflé qu'elle avait reçu une formation d'art lyrique, qu'elle était soprano mais que les gens de sa couleur ne faisaient pas carrière à l'opéra. Puis elle m'a demandé si j'aimais Wagner.

Je n'ai pas eu le temps de lui répondre, déjà elle jouait les premières notes du Liebestod *d'Isolde et quand sa voix s'est élevée au-dessus de celle du piano, j'ai senti mon cœur se gonfler d'émotion. Ce chant d'amour, combien de fois ai-je entendu ma grand-mère Frieda le porter dans tout ce qu'il a de plus douloureux ? J'ai fermé les yeux et la voix de cette femme est venue se confondre avec celle de ma grand-mère, avec celle d'Isolde, passionnée, entière, prête à aimer Tristan pour l'éternité.*

Mais une voix sévère l'a interrompue avant la fin de l'aria, c'était Grandpa. Depuis combien de temps était-il là ? J'ai pu voir à ses yeux rouges que le chant d'Isolde ne l'avait pas laissé indifférent, peut-être que chez lui aussi le souvenir de Frieda avait été réveillé. Il ne l'a pas avoué. Je me suis mise à bafouiller sans pouvoir donner d'explications à notre présence dans ce salon à cette heure avancée.

L'inconnue s'est levée, a expliqué à Grandpa qu'elle avait demandé à essayer un instrument, qu'elle s'excusait si cela avait pu poser un problème et qu'elle reviendrait une autre fois pour acheter un piano car elle n'en connaissait pas de plus merveilleux. Je pouvais deviner toute la désapprobation de Grandpa à la manière dont il se lissait la moustache avec nervosité. Je n'aimais pas le ton froid et condescendant sur lequel il s'adressait à cette femme, ne pouvait-il pas la remercier pour les émotions qu'elle avait éveillées en lui ?

J'ai raccompagné cette mystérieuse visiteuse au rez-de-chaussée. En partant, elle m'a remerciée pour mon accueil et m'a invitée à venir l'écouter au Cotton Club*, je n'avais qu'à guetter son nom, Mary-Jane Jones.*

Après cela, Pa nous a rejoints. Grandpa n'a pas dit un mot de cette visite, c'était comme si elle n'avait jamais eu lieu. Nous sommes allés dîner chez Frau Schwartz, la cantine munichoise de mon grand-père. Impossible pour moi de prendre part à leur conversation. J'étais ailleurs, avec Mary-Jane Jones ; un feu brûlait en moi, j'éprouvais une envie furieuse de quitter cette table et de danser. Ce fut un tel choc de voir Joseph entrer, le visage tuméfié, les vêtements déchirés, j'ai tout de suite su qu'il avait été attaqué, il n'est pas de ceux qui aiment se battre. Il avait mal mais surtout était en colère, il a jeté sur la table une brochure, une invitation pour un week-end dans un camp d'entraînement du German American Bund. Il avait refusé de la prendre, c'est pour cela qu'on l'avait passé à tabac. Pa était furibond, il ne supporte pas que notre quartier de Yorkville soit devenu le centre névralgique de l'organisation pro-nazie. J'étais aussi hors de moi : comment ces types avaient-ils pu s'attaquer à Joseph, l'être le plus innocent qui soit ? Si seulement j'avais été là pour le protéger, ils n'auraient pas osé me frapper. Grandpa nous a demandé de parler moins fort, soucieux des regards des tables voisines, il connaissait trop bien les sympathies du restaurateur pour le régime hitlérien. C'est là qu'il a créé une diversion en insistant pour que Joseph et moi venions nous installer chez lui, dans l'Upper West Side, un bon moyen de nous éloigner de cette violence, de rapprocher Joseph de la Juilliard et de m'avoir sous la main pour mieux me former à mon nouveau métier. J'exultai !

Cette idée de Grandpa est la meilleure qui soit, il faut qu'il parvienne à convaincre Ma… et là, je serai vraiment libre !

* *
*

New York, janvier 1938

Joseph m'a fait un cadeau fabuleux pour nos dix-huit ans : il m'a invitée au concert de Benny Goodman et son orchestre à Carnegie Hall. Nous ne pouvions pas manquer cette entrée officielle du jazz dans notre temple de la musique classique, nous n'avons pas été déçus, quelle soirée mémorable !

On ne se doutait pas qu'il y aurait autant de monde, pas un siège de libre dans le Main Hall. Le public était un peu guindé au début, mais très vite il s'est laissé aller au rythme du swing. C'était difficile pour moi de rester assise, de ne pas me mettre à danser, mes pieds battaient la mesure avec frénésie, mon buste se déhanchait et Joseph était dans le même état. Il faut dire que depuis que nous avons emménagé chez Grandpa et que nous avons pris possession de son tourne-disque, les grands hits du jazz n'ont plus de secrets pour nous, toutes mes économies y passent. Nous tentons même des adaptations au piano et au violoncelle, notre duo excelle dans l'improvisation, cela nous change de nos traditionnelles sonates ! Quel luxe de pouvoir explorer ensemble de nouvelles voies d'expression, on s'amuse tant. Enfin, le temps que Grandpa nous rappelle à l'ordre et que Joseph se replonge dans ses études. Il n'arrête jamais, travaille si dur et ne cesse de m'impressionner. Bientôt, c'est lui qui fera ses débuts sur cette scène, son professeur affirme qu'il est le meilleur élève qu'il ait eu ces dix dernières années. Je n'ai pas de mal à le croire, sa sensibilité transparaît dans tout ce qu'il joue, il fusionne avec son instrument et parvient à toucher chacun au plus profond de son âme. Sa plus grande force, j'en suis certaine, c'est sa curiosité, son ouverture à toutes les musiques, son désir de s'initier à d'autres rythmes et pour cela, je serai toujours à ses côtés, je m'assurerai qu'on ne l'enferme pas dans une bulle musicale rigide. Un grand musicien doit vivre dans le monde, j'en suis convaincue !

Nous avons tellement ri et applaudi pendant ce concert, j'en ai eu mal aux mains pendant plusieurs jours. Je n'oublierai jamais l'interprétation de Sing Sing Sing *: nos battements de cœur se sont accélérés sur le tempo de la batterie de Gene Krupa, puis nos respirations se sont coupées le temps du solo de Benny Goodman et nos souffles ont accompagné sa clarinette en apnée jusqu'au do aigu final, qui a introduit une improvisation du pianiste Jess Stacy, d'une douceur enchanteresse.*

Toutes ces voix, toutes ces variations, nous les avons emportées avec nous et les avons chantées sur notre trajet du retour pour ne pas les oublier ! Qu'il est bon d'avoir dix-huit ans et la vie devant nous...

* *
*

New York, 7 décembre 1941

Cela fait longtemps que je n'ai pas écrit ici. Je préférerais ne pas avoir à le faire mais il sera difficile de passer sous silence les événements de cette journée historique... et tragique.

Je travaille beaucoup plus depuis que j'ai rejoint le Département des concerts et des artistes, je m'y plais aussi davantage et m'approche enfin de ma mission au service des pianistes immortels. Je sors aussi beaucoup plus, j'ai découvert parmi mes collègues d'autres amoureux de jazz et, ensemble, nous explorons les cabarets new-yorkais. Je sors en cachette, ce n'est pas difficile, Grandpa est si fatigué qu'une fois couché rien ne saurait perturber son sommeil. Parfois, j'ai la joie d'applaudir Mary-Jane Jones, elle ne me reconnaît sans doute pas mais j'aime quand par hasard son regard se pose sur moi, me rappelant ma première journée chez Steinway et tout l'espoir que sa visite a éveillé chez moi. J'aimerais que Joseph nous accompagne plus souvent mais il travaille trop et quand il s'accorde une pause, c'est pour aller à des réunions antifascistes organisées par ses amis musiciens ; ils multiplient les manifestations et pétitions en faveur des réfugiés juifs. Son militantisme déclenche beaucoup de heurts avec Grandpa, dont les propos frôlent l'antisémitisme, nos parents s'en inquiètent aussi, ils craignent surtout l'impact que cet engagement pourrait avoir sur sa carrière musicale.

Aujourd'hui, nous avions promis à Grandpa de passer la journée avec lui. Depuis qu'une pneumonie l'a forcé à prendre sa retraite, il tourne en rond dans l'appartement. Il est si faible qu'il lui est désormais difficile de se rendre au concert et c'est avec impatience qu'il attend les retransmissions en direct de l'orchestre symphonique, à la radio, le dimanche. Nous devions nous retrouver à quinze heures pour écouter le Concerto pour piano n° 2 *de Brahms, interprété par Arthur Rubinstein. Absorbé par son travail, Joseph a manqué le début de la retransmission, moi aussi mais c'est mon retard de sommeil qui m'absorbait. À la fin de la première de Chostakovitch, Grandpa a profité de la pause du programme pour venir nous chercher. Quand nous sommes arrivés dans le salon, le cor introduisait déjà le thème du premier mouvement.*

Nous nous sommes assis, Grandpa et Joseph ont fermé les yeux et j'ai observé toutes les émotions qui défilaient sur leur visage, j'ai été frappée par leur ressemblance, ils paraissaient soudainement si proches, et cette proximité de cœur m'a touchée d'autant plus qu'entre eux le fossé des idées ne cesse de s'élargir. Le deuxième mouvement allait s'achever dans toute sa fougue quand le téléphone a sonné. J'ai voulu me lever pour répondre mais Grandpa m'a demandé d'ignorer l'appel, il ne voulait surtout pas manquer le début du troisième mouvement, le solo du violoncelle, ces instants de paix et de grâce, ce temps suspendu a-t-il dit. J'ai fermé les yeux à mon tour, la sonnerie du téléphone semblait de plus en plus lointaine, il n'y avait plus que le murmure de l'orchestre qui pénétrait jusqu'au plus profond de mon être, un lieu de solitude et de vérité, quel instant de paix en effet !

Une puissante quinte de toux de Grandpa nous a tirés hors de notre état méditatif. Ces aboiements rauques qui semblent lui déchirer la poitrine sont une source d'angoisse pour nous, nous craignons à tout instant de rencontrer la mort dont Joseph ne cesse de dire qu'il sent l'ombre approcher. Le téléphone sonnait toujours : Grandpa, dont l'attention avait été détournée du concert, m'a demandé avec agacement de répondre. C'était Pa : avions-nous entendu l'annonce à la radio ? Les Japonais. Pearl Harbor. Une attaque surprise. La flotte américaine bombardée. Ses mots étaient saccadés, confus, anxieux.

J'ai senti ma gorge se serrer : nous étions donc en guerre.

Ce soir, alors que je rédige ces lignes, je tremble à la seule idée que Joseph puisse à tout moment être appelé au front.

Chapitre 3

Shanghai, juillet 1936

Mĕi, assise à l'arrière de la Buick, cachait son visage entre ses mains. Elle entendait, comme un écho lointain, le claquement du coffre duquel Piotr avait sorti les bagages, la voix de son mari hélant un coolie et celle de son fils prenant congé du chauffeur. Elle avait si souvent imaginé cette scène de séparation, redoutée depuis des années. Quand Mĕi leva les yeux, elle aperçut Vince dans le rétroviseur : il avançait d'un pas assuré vers le *SS President Coolidge*, prêt à embarquer pour les États-Unis. Arrivé à la passerelle, il se tourna vers la voiture et la chercha du regard, il souriait de cette joie confiante dont il ne se départait jamais. Elle ne voulait pas qu'il vît son visage rougi par les larmes, alors elle sortit sa main par la fenêtre et agita son mouchoir en signe d'au revoir. Le déchirement était plus douloureux encore que ce qu'elle avait anticipé. Mĕi se demanda si elle n'aurait pas dû l'accompagner, si elle n'avait pas eu tort de laisser son mari avoir le dernier mot. Quand elle en avait émis le projet, Qiáng s'y était formellement opposé, arguant qu'elle serait un poids et une source de raillerie pour leur fils qui aurait déjà bien assez de mal à s'intégrer à

Harvard en étant chinois pour ne pas s'ajouter la honte d'avoir une mère handicapée. Qiáng avait touché juste, la dernière chose que Měi souhaitait était de porter préjudice à son fils. Une fois de plus, son handicap l'empêchait de traverser le Pacifique pour découvrir ce pays qui avait été porteur de tous ses rêves.

Piotr reprit sa place au volant et demanda à Měi si elle souhaitait attendre le départ du bateau. Il ajouta que M. Qiáng était monté à bord pour accompagner leur fils à sa cabine et qu'il se rendrait ensuite à son bureau. Měi fut soulagée de ne pas avoir à subir un tête-à-tête avec son mari, elle pourrait ainsi rester seule avec sa peine. Elle n'avait pas le courage d'attendre le sifflement des sirènes, ni de regarder le paquebot quitter le quai et disparaître à la pointe de Pudong. Elle demanda à Piotr de la raccompagner à la villa. Il se fraya un chemin sur le Bund, manœuvrant habilement entre les tramways, les pousse-pousse, les voitures et les piétons, puis tourna dans la rue de Nankin. Měi sentit son cœur se serrer : elle laissait, derrière elle, son fils voguer vers son avenir et remontait, seule, le fil de leurs souvenirs. Vince était présent à chaque coin de l'artère commerciale : aux grands magasins *Lane Crawford* où, à tout âge et à chaque saison, on lui faisait tailler ses vêtements sur mesure ; à la confiserie où, enfant, il se remplissait les poches de bonbons ; à la librairie américaine où, adolescent, il voulait acheter tous les livres ; et au Grand Théâtre où, jeune homme, il se précipitait pour voir les derniers films hollywoodiens.

Ils étaient déjà sur Bubbling Well Road, bientôt ils passeraient devant la maison de ses parents. Elle en guettait la grille en fer forgé et, au bout de l'allée de gravier, la façade blanche à colombages rouges, dissimulée par une vigne vierge généreuse. Ses parents étaient à Hong Kong où son père venait de faire construire une maison. Mĕi aurait aimé qu'ils soient là pour la consoler comme lorsqu'elle était enfant. Pour ses parents, elle l'était toujours restée, c'était la conséquence de son handicap : ils devaient la protéger. Sa mère lui aurait interdit de s'apitoyer sur son sort et lui aurait sommé de ne pas perdre confiance en Dieu. Elle aurait demandé à un domestique de leur servir le thé au salon et lui aurait lu un passage de la Bible. Mĕi aurait écouté d'une oreille distraite, bercée par sa voix grave et son parfum ambré. Sa mère l'aurait crue endormie, l'aurait alors allongée sur la banquette, puis aurait fait un signe de croix avant de s'éclipser sur la pointe des pieds, tout en faisant cliqueter ses bracelets de jade. Son père serait rentré après un déjeuner d'affaires et aurait demandé qu'on installât Mĕi sur la terrasse, côté jardin. Il lui aurait fait part de ses dernières acquisitions, lui aurait posé des questions sur Vince sans jamais lui laisser le temps d'y répondre et se serait lancé dans un monologue nostalgique sur ses propres années estudiantines aux États-Unis. Sans doute aurait-il fini par s'assoupir.

Mĕi aurait alors fait un tour d'horizon du jardin depuis son fauteuil pour y retrouver les confidents de son enfance : le magnolia, les rosiers d'été et, surtout, le saule pleureur. C'était sous cet arbre qu'avec sa sœur elles se cachaient au retour de l'école et rêvaient à cette Amérique où leur père leur avait promis qu'elles iraient étudier ensemble. Tout cela, c'était avant que la maladie ne privât Mĕi de l'usage de ses jambes, avant que sa sœur ne partît aux États-Unis, seule, et pour toujours.

Le klaxon fit sursauter Mĕi : le gardien avait ouvert la grille et Piotr garait la Buick devant la villa. Deux domestiques se précipitèrent pour l'aider à monter les marches du perron et la réinstaller dans sa chaise roulante. En entrant dans le hall en marbre, elle sentit son sang se glacer. Cette demeure dans laquelle ils venaient d'emménager et que Qiáng avait fait construire pour satisfaire son goût du luxe était pour Měi un lieu aussi étranger qu'inhospitalier. Elle regrettait leur maison dans la concession, celle où elle avait connu le bonheur de la maternité, cet autre intermède joyeux dans son existence mélancolique. Le quartier de Hongqiao était trop excentré, elle s'y sentait isolée, coupée de l'animation de la ville dont elle aimait capter les pulsations. Elle ne trouvait aucune chaleur dans cette construction moderne à la façade de granit. Les lourdes portes, ornées de ferronneries noires, lui donnaient l'impression d'être en prison. L'accumulation de dorures, de marbre, de vitres teintées et de mosaïques l'oppressait. Dans les pièces du rez-de-chaussée, aussi spacieuses qu'anguleuses, il lui manquait une alcôve, un lieu pour se retrancher sur ses bonheurs passés. Il n'y avait qu'à l'étage, dans le cadre feutré de sa chambre et de son boudoir, qu'elle trouvait un peu de sérénité. Qiáng pouvait être certain qu'une fois là-haut, enfermée avec ses livres, ses pinceaux et son piano, elle ne viendrait pas importuner la vie mondaine et dissolue qu'il comptait désormais mener librement chez lui.

Quand elle fut enfin seule dans sa chambre, Měi se laissa aller à son chagrin : des larmes noires coulèrent le long de ses joues poudrées, elle s'était maquillée pour son fils. Pour lui, elle avait choisi son *qipao* préféré, en satin bleu ciel, brodé de pivoines roses. Elle voulait qu'il garde cette image d'elle, élégante et féminine, malgré son infirmité. Elle retira la barrette de perles qui tenait son chignon et ses longs cheveux retombèrent sur ses épaules. Dans un élan de rage, elle tira dessus. Ainsi, elle demeurait seule, condamnée une fois de plus à voir partir ceux qu'elle aimait. Elle sentait peser sur son cœur le poids combiné de la souffrance et de la colère. Un cri violent s'apprêtait à jaillir de sa poitrine, ses lèvres le retinrent juste à temps pour ne pas alerter les domestiques. Son visage se crispa, elle maintint les yeux fermés. Dans son corps et jusque dans son âme, chacune de ses blessures était ravivée. Quand elle rouvrit les yeux, elle ne vit plus que lui, imposant, magistral, toujours présent : ce compagnon choisi par son père pour la consoler du départ de sa sœur aux États-Unis, ce morceau d'Amérique venu vers elle, plutôt que ce continent qu'elle n'atteindrait jamais.

Elle saisit ses cannes et, péniblement, avança vers son Steinway. Dans l'isolement de sa chambre, elle n'avait plus à dissimuler ses jambes malingres, ni à rougir de sa démarche désarticulée. Elle prit appui d'une main sur l'instrument, tandis que l'autre vint caresser les deux papillons qu'elle avait gravés elle-même sur le bois d'acajou. Elle se tint plus fermement encore à la ceinture de bois, son corps plaqué contre le piano, à l'endroit même où elle avait souhaité garder l'empreinte d'un amour interdit dont le souvenir, vingt ans plus tard, filtrait jour après jour par les interstices de son cœur brisé.

Assise sur son tabouret, elle ouvrit les mains et observa ses doigts, petits et fins, dont elle tirait pourtant sa plus grande force. Elle referma les poings et sentit une onde d'énergie circuler dans ses poignets, le long de ses avant-bras, de ses coudes, de ses épaules, de tout son torse et jusque dans son ventre : rien n'entravait ce courant fluide et vital. Galvanisée, elle lança ses mains sur le clavier dans une succession d'octaves retentissantes. Elle mit toute sa fureur et tout son cœur dans la *Sonate n° 2* de Brahms, ce morceau si exigeant qui reflétait parfaitement les remous de son âme. Elle ressentait intimement l'alternance des tempos, l'instabilité des tonalités, la recherche d'un équilibre fragile dans l'élan romantique. Plus elle jouait, plus elle écoutait les silences. Et quand, à bout de souffle, elle parvint au dernier accord du quatrième mouvement, elle demeura immobile, figée dans un instant d'apaisement et de plénitude.

Cela ne dura qu'une seconde, un sanglot douloureux émergea de dessous le piano. Elle se pencha et découvrit un garçon, prostré contre la jambe arrière de l'instrument. Il tremblait. Elle n'eut pas le temps de l'aider à sortir de sa cache, déjà *āyí* Ān frappait à la porte et entrait. La femme se précipita pour tirer l'enfant par la manche et le dissimuler derrière elle, se confondant en excuses. Ān baissait les yeux et n'osait pas regarder Měi en face. La domestique s'apprêtait à sortir en tirant le garçon derrière elle, mais Měi l'arrêta et lui demanda une explication. Ān poussa l'enfant sur le palier, referma la porte et se tint, raide, devant sa maîtresse. Elle lui expliqua que l'enfant était son neveu, qu'elle l'avait trouvé le matin même devant le portail, qu'il avait été envoyé du Sichuan par sa sœur pour le sauver de la famine. Ān promit qu'il n'importunerait pas Měi : elle lui trouverait un travail et un logement. Elle prit rapidement congé et emmena le petit Shēn dans les chambres de service derrière la cuisine.

Ce soir-là, Měi dîna seule dans sa chambre. Elle resta longtemps allongée sur son lit à regarder le baldaquin en bois sculpté, puis éteignit la lumière sans pouvoir trouver le sommeil. Elle entendit Qiáng monter bien après minuit. Il essaya d'entrer chez elle mais elle avait fermé à clé. Elle retint son souffle, le cœur battant. Il n'insista pas et monta dans ses appartements. Prenant appui sur ses cannes, elle se leva, se dirigea vers la fenêtre et tira légèrement le rideau : la pleine lune éclairait la cour. Elle observa l'ombre du tilleul danser sur le gravier et pensa à Vince qui voguait vers Kobe, première étape sur sa route pour San Francisco. Měi déplia alors la lettre qu'il lui avait laissée : derrière chaque mot, elle entendait l'écho de sa voix, rencontrait son regard et sentait battre son cœur dont elle avait écouté, émerveillée, les pulsations depuis sa naissance, un tempo qui était devenu le sien et dont l'absence la laissait sans rythme.

Shanghai, juillet 1936

Chère maman,

Quand tu liras cette lettre, je serai en mer. Nous serons loin l'un de l'autre mais nous nous rejoindrons toujours dans un lieu qui n'appartient qu'à nous, peuplé de nos mots, de nos musiques et de nos souvenirs. J'emmène là-bas tes regards, tes sourires et ta tendresse, jamais l'oubli ne me les volera. Je suis ce que tu m'as transmis et je serai toujours fidèle à cet héritage. Il me permet aujourd'hui d'être heureux et c'est porté par ton amour que je voyage vers ce continent sur lequel j'espère assouvir ma soif d'apprendre. Je reviendrai, plus éclairé, tu le sais.

Je ne veux pas te savoir triste à cause de moi. Promets-moi de m'offrir chaque matin ton sourire, de nourrir mes oiseaux dans la volière, de m'envoyer des poèmes illustrés par tes soins, de me jouer des valses de Chopin et de prier pour moi sur les mots de saint François. Je n'ai ni ta foi ni ton talent pour la musique mais l'un et l'autre résonnent si fort en moi qu'ils m'emplissent d'espoir.

J'ai demandé à *āyí* Ān de prendre soin de toi, je sais que tu veilleras aussi sur elle. Vous savoir ensemble est une consolation.

C'est avec mon cœur d'enfant que je t'embrasse,

Vince

Měi s'apprêtait à se recoucher quand elle aperçut la silhouette d'Ān, recroquevillée sur le banc de pierre, le visage couvert de larmes. La domestique avait à peine douze ans quand elle était arrivée du Sichuan pour travailler dans sa famille. Quand Měi avait été mariée à Qiáng, Ān l'avait suivie dans son nouveau foyer où elle s'était occupée de Vince. Cela faisait près de trente ans que les deux femmes vivaient sous le même toit. L'*āyí*, malgré son apparence frêle, était une femme solide et volontaire qui faisait preuve de pragmatisme en toutes circonstances. Měi avait toujours pu compter sur son soutien dévoué. Ān était analphabète mais n'en était pas moins intelligente : c'était elle qui supervisait les domestiques de la maison et tous la respectaient. Měi observa son corps sec, sa longue tresse effilochée qui lui retombait sur les hanches, son visage émacié, ses yeux d'aigle, ses lèvres pincées et ses pommettes saillantes, tout était anguleux chez Ān, à l'exception de son cœur qui était généreux. Měi avait besoin de cette alliée.

Le lendemain, elle convoqua Ān et son neveu. Elle leur annonça sa décision de garder Shēn chez eux et de l'envoyer à l'École des missionnaires. Ān s'empressa de refuser, Měi demeura inflexible. Quant à Shēn, il ne sembla pas comprendre et paraissait totalement absent, son regard rivé vers le fond de la pièce. Mĕi suivit sa trajectoire et découvrit ce qui le captivait, c'était son piano. Elle avança sa chaise roulante jusqu'au Steinway, se hissa sur le tabouret et demanda au garçon de venir à côté d'elle. Il y avait tant d'inquiétude sur le visage de l'enfant. Mĕi approcha avec délicatesse son majeur gauche du clavier et égrena six notes avec la plus grande douceur, son index vint alors soutenir un accord, puis son petit doigt les rejoignit pour donner l'impulsion d'une mélodie aussi tendre qu'une caresse. À l'écoute de cet *Adagio* de Bach, Shēn posa son oreille contre la ceinture de bois, à l'endroit même où Mĕi avait gravé ses papillons, les paumes de ses mains plaquées contre l'instrument pour mieux en percevoir les vibrations. Il maintint ses yeux fermés et se laissa envelopper par ce halo de grâce. Quand Mĕi attaqua le mouvement presto du *Concerto italien*, le garçon se précipita auprès d'elle pour suivre la course rapide de ses doigts. Plus tard, elle lui proposa de jouer. Shēn décroisa ses mains et les posa sur l'ivoire du clavier. Mĕi fut saisie par la maigreur maladive du garçon. Ses mains chétives n'en étaient pas moins alertes et elle fut surprise par l'aisance avec laquelle il fit courir ses doigts sur les touches, empressé de conquérir cet espace musical qui s'offrait à lui. Toute timidité semblait l'avoir quitté : il frappait, caressait, piquait avec avidité. Ān voulut intervenir mais Mĕi la retint, subjuguée par le magnétisme que l'instrument opérait sur l'enfant. Elle eut alors la conviction d'assister à une rencontre déterminante et décida aussitôt de faire de Shēn son élève.

Il se révéla un enfant difficile, au caractère instable, parfois saisi d'élans de colère, suivis de longs moments d'apathie. Son intégration chez les méthodistes fut houleuse, il ne s'y fit aucun ami ; les enfants se moquaient de lui et il restait toujours seul. Il travaillait consciencieusement mais ne s'exprimait jamais en classe, où il cultivait une attitude sauvage et distante envers ses professeurs. À la maison, il refusait d'aider Ān dans ses tâches ménagères et pouvait disparaître des heures dans le jardin. En revanche, il était toujours ponctuel pour sa leçon de piano quotidienne. Il parlait peu mais écoutait, observait, mémorisait et reproduisait avec prodige. Il ne rechignait pas devant l'effort et faisait preuve d'une capacité de concentration hors norme pour un enfant de six ans. Au fil des semaines, la présence de Shēn, toute en musique et en silence, devint pour Měi une source d'apaisement et lui procura un élan d'enthousiasme inespéré après le départ de Vince.

Elle prit l'habitude de l'emmener partout. Le dimanche, il l'accompagnait à la messe. Ils allaient écouter des concerts en plein air aux jardins publics du Bund et oubliaient alors la rumeur de la ville. Ces sorties étaient suivies d'une pause dans le salon de thé du *Park Hotel*, d'où ils observaient l'animation sur le champ de courses. Měi fit aussi découvrir au garçon les allées ondoyantes de Jessfield Park dans lesquelles ils déambulaient, lui courant en amont, tandis qu'un domestique la poussait dans sa chaise roulante : elle lui apprit le nom des nombreuses variétés de roses et de pivoines mais aussi, assis au bord de l'étang aux nénuphars, le Cantique des créatures de saint François d'Assise qu'elle récitait en chanson.

Elle lui racontait la vie des compositeurs dont elle lui faisait apprendre les œuvres. Shēn écoutait, captivé. Měi se demandait ce que cet orphelin du Sichuan pouvait comprendre de tous ces récits venus d'Europe, mais elle faisait confiance à la musique pour le guider sur ces chemins de découverte. Shēn était doué d'un talent hors du commun, Měi n'en doutait pas. Sous l'apparence fragile du garçon, elle sentait vibrer une âme sensible, à laquelle elle souhaitait offrir un espace pour s'épanouir et trouver son harmonie au monde.

Ān avait du mal à s'attacher à ce neveu caractériel et désobéissant. Il piétinait lorsqu'elle lui demandait de l'accompagner au marché, se plaignait du poids des paniers, se montrait excessivement sensible aux effluves de poissons séchés ainsi qu'à la vue des entrailles animales qui jonchaient les étals des bouchers. Elle le jugeait aussi paresseux que capricieux. Sa passion inattendue pour le piano ainsi que les liens qui l'attachaient désormais à Měi étaient, pour elle, une énigme. Elle ne comprenait pas quand sa maîtresse lui parlait du génie de Shēn et craignait les réactions de M. Qiáng : et s'il venait à prendre ombrage de cette relation exclusive entre sa femme et l'enfant ? Et s'il décidait de le chasser ? Ān avait conscience que Shēn était inapte au travail domestique. Malgré tout, il était l'enfant de sa sœur, le seul membre de sa famille ayant survécu à la famine, elle en serait toujours responsable. Elle finit par comprendre qu'elle n'avait pas à s'inquiéter. Qiáng fronçait les sourcils lorsqu'il passait devant la chambre de sa femme et la trouvait au piano avec le garçon, mais il avait aussi réalisé que cet enfant était la meilleure des diversions pour Měi. L'arrivée de Shēn, au moment même du départ de Vince, leur avait miraculeusement épargné des mois de dépression qui auraient pu compromettre ses libertinages. L'enfant avait permis d'établir un nouvel équilibre au sein du foyer.

* *
*

Shanghai, été 1937

Cet équilibre tint à peine plus d'un an. Dans les premiers jours de juillet 1937, alors que Shanghai était déjà plongé dans la torpeur de l'été, l'annonce d'un incident entre les troupes nippones et chinoises, aux abords de Pékin, vint réveiller les craintes d'une invasion japonaise imminente. Les parents de Měi insistèrent pour qu'elle vienne les retrouver à Hong Kong. Malgré les informations faisant part de l'arrivée massive de militaires japonais en Chine du Nord, Měi restait convaincue que Shanghai et ses concessions étrangères seraient épargnés par les combats. Lorsque, le 29 juillet, Pékin tomba entre les mains des Japonais, son père devint catégorique et somma Qiáng de faire en sorte qu'elle embarquât au plus vite sur un bateau pour Hong Kong.

Le soir du 7 août, Qiáng entra sans frapper dans la chambre de sa femme alors qu'elle interprétait quelques pièces de la suite *Papillons* de Schumann pour Shēn, dont les pieds battaient allègrement la mesure sur le sol. Tout à leur allégresse, ils ne l'entendirent pas approcher. Arrivé près du piano, Qiáng y déposa une enveloppe avec brutalité. Sa femme s'arrêta et attrapa le pli. Découvrant qu'il ne contenait qu'un billet, elle adressa un regard interrogateur à son mari. Elle s'était pourtant montrée très ferme : elle ne quitterait Shanghai qu'accompagnée d'Ān et de Shēn. Furieuse, elle lança le billet au visage de Qiáng et annonça qu'elle ne partirait pas. Fou de colère, il poussa Shēn en arrière. L'enfant, effrayé, s'enfuit et percuta Ān qui s'était précipitée au premier cri. Qiáng attrapa Měi par les épaules, la secoua et hurla qu'il était temps qu'elle se réveille, que le Conseil de défense nationale avait officiellement déclaré la guerre au Japon, que l'état de loi martiale avait été décrété dans la concession internationale, qu'elle avait de la chance qu'il ait pu lui trouver une place sur ce bateau, que les Japonais ne tarderaient pas à pilonner la ville, qu'elle pourrait au moins penser à sauver sa peau pour son fils plutôt que de se préoccuper de ses domestiques ! Il finit par la lâcher et, se tournant vers Ān, lui ordonna de préparer les affaires de Měi : tout devait être prêt pour son départ le samedi 14 août.

Allongée sur la banquette de son boudoir, Měi fixait les pales du ventilateur qui brassaient un air aussi chaud qu'humide. Aucune brise nocturne n'était venue rompre la touffeur de cette journée irrespirable. Dans le silence de la nuit, le chant strident des cigales retentissait de manière obsédante. Elle se sentait prise au piège. Par la fenêtre entrouverte, elle aperçut le scintillement d'une étoile, tout juste perceptible à travers la fine couche de brume.

Elle pensa à sa sœur. Elle l'admirait tant d'avoir tenu tête à leur père et refusé de rentrer se marier en Chine. Měi aurait préféré que la maladie l'emporte pour toujours plutôt que de rester l'éternelle prisonnière de ses jambes infirmes. Son handicap l'avait rendue vulnérable et lâche. Elle aussi aurait pu s'opposer à son père et suivre son amour clandestin mais elle avait douté d'elle-même, pris peur et rejeté l'homme qu'elle aimait. Elle avait repoussé son âme sœur. Elle était restée soumise à son devoir filial et avait choisi de faire confiance à ses parents qui l'avaient pourtant mariée à un homme cupide et infidèle. Était-elle condamnée à vivre séparée de ceux qu'elle aimait ? N'y avait-il pour elle aucune autre voie que celle de la solitude ? Au plus profond d'elle-même, elle savait pourtant qu'elle n'était pas seule, qu'un amour plus grand l'habitait et la portait dans cette existence instable, une force qui s'était révélée sous des traits aimés, un souffle auquel elle parvenait à se mêler grâce à la musique, ce vecteur si précieux qu'elle avait reçu en don. Shēn était là pour lui rappeler ce mystère. Cet espace musical essentiel, elle ne pouvait pas l'en priver, son rôle était de le lui révéler.

Elle ne renoncerait pas et ferait tout pour le faire venir à Hong Kong mais, dans l'intervalle, il devait poursuivre sa formation musicale. Jusqu'à ce jour, elle avait gardé l'enfant sous son aile et ne l'avait introduit à aucun professeur en ville. Elle devait impérativement le présenter au professeur Xi, personne mieux que lui ne pourrait préparer Shēn à entrer au conservatoire.

Les jours qui suivirent furent occupés par les préparatifs du départ et les rebondissements d'un conflit qui se rapprochait de la ville. Malgré toutes ces tensions, Měi ne renonça pas à présenter Shēn à l'éminent professeur. La rencontre eut lieu quelques jours avant le départ de Měi. Ce fut un échec. Shēn fut intimidé par la sévérité du musicien et toutes ses questions, ponctuées de termes techniques. Quand ce dernier demanda à l'entendre jouer, le garçon resta quelques secondes immobile face au clavier avant de rompre le silence en frappant les touches dans une cacophonie insoutenable. Měi aurait voulu se précipiter pour le calmer mais elle était prisonnière de son fauteuil. Ān s'empressa d'attraper son neveu qui se débattait, parvint à le sortir et à le pousser dans la Buick. Měi se sentait honteuse. Le professeur, quant à lui, n'avait rien perdu de sa contenance et, sur un ton manquant de conviction, lui promit d'auditionner à nouveau l'enfant quand il serait prêt.

Mĕi gardait le regard fixé sur la route pour ne pas avoir à croiser celui de Shēn. L'ombre des platanes s'allongeait sur la chaussée où les pousse-pousse bataillaient pour se faufiler entre les voitures. Piotr suivit la ligne de tram jusqu'au Bund où il se fraya un chemin dans l'avenue encombrée. Sur le fleuve brunâtre, les sampans allaient et venaient, déversant sur la rive leurs modestes cargaisons, immédiatement chargées sur le dos des coolies. De l'autre côté de l'avenue, au pied des élégants immeubles de granit et de pierre, les vendeurs de rue négociaient leurs menues marchandises depuis leurs réchauds ambulants, d'où émanaient des effluves d'ail et de friture. Mĕi vit la tour de l'horloge du Bâtiment des douanes et se remémora sa promesse à Shēn la première fois qu'elle la lui avait montrée. Elle lui avait expliqué que *Big Ching* portait chance à la ville et qu'elle lui porterait chance à lui aussi, que Shanghai serait son salut et le piano, son allié pour le futur. Alors, sans le regarder ni prononcer une parole, elle attrapa la main moite du garçon et la pressa contre elle. Piotr s'apprêtait à tourner mais Mĕi lui demanda de continuer et de les arrêter aux jardins publics : elle souhaitait y faire une dernière promenade. Ān poussa la chaise roulante dans les allées anormalement désertées pour une fin d'après-midi. Shēn resta en retrait, avançant d'un pas lent. Quand ils arrivèrent à la pointe marquant la jonction du Huangpu et de la Suzhou, ils virent une foule agitée qui pointait du doigt l'autre rive. Devant le consulat japonais, protégé par des sacs de sable, se dressaient le vaisseau amiral *Idzumo* ainsi qu'un porte-avions et quatorze autres navires de guerre nippons. À cet instant seulement, Mĕi prit la mesure de la menace qui pesait sur Shanghai et comprit l'urgence de quitter la ville.

Ce soir-là, en venant prendre congé de Měi, Piotr demanda s'il pouvait s'entretenir avec elle de la formation musicale de Shēn. Le chauffeur souhaitait lui proposer les services de son frère comme professeur de piano, ce dernier était un ancien élève du conservatoire de Saint-Pétersbourg. Peut-être avait-elle déjà eu l'occasion de l'entendre à l'*Astor House Hotel* où il jouait certains après-midi à l'heure du thé ? Il se produisait aussi au *Blue Butterfly*, un club où l'on pouvait écouter des airs de jazz et d'opéra. Igor saurait se rendre disponible pour le jeune garçon. L'urgence de la situation eut raison des réserves de Měi qui demanda à le rencontrer. Piotr proposa d'organiser une rencontre dès le lendemain.

Le matin qui suivit, les forces japonaises, depuis leurs bases navales, commencèrent à attaquer les quartiers chinois, au nord de la ville, là où les divisions d'élite de Chiang Kai-shek avaient pris position. Le reste de la ville demeurait en dehors de la bataille ; malgré cela, Qiáng ordonna à Měi de ne pas quitter la villa. Elle essaya de convaincre Piotr de la conduire malgré tout mais il refusa de contrevenir aux ordres de son patron.

Le vendredi 13 août, la veille du départ de Měi, la Chine adressa un ultimatum au Japon, exigeant le retrait immédiat des troupes japonaises sous peine de représailles. Depuis son bureau sur le Bund, Qiáng observait la ville se muer en champ de bataille : les divisions américaines et britanniques commencèrent à se déployer afin de protéger la concession internationale, des sacs de sable et des barbelés étaient installés aux points stratégiques, le corps des volontaires de Shanghai était lui aussi mobilisé, des foules de passagers se pressaient pour monter à bord des derniers paquebots en partance, des réfugiés affluaient des quartiers nord de la ville, cherchant refuge dans la concession, les premiers blessés commençaient aussi à y être acheminés vers les hôpitaux. Les banques ordonnèrent la fermeture des guichets afin de prévenir une vague de retraits soulevée par la panique. Le vent soufflait par rafales et une lumière rouge clignotait au-dessus de la tour Gutzlaff, signalant l'arrivée d'un typhon. Le ciel se chargea de nuages noirs qui prenaient des teintes orangées au-dessus des quartiers nord, livrés aux tirs et aux flammes. De retour à la villa, ces scènes de guerre ne lui semblèrent plus qu'un mirage. Dans leur quartier, on ne songeait qu'à se protéger des bourrasques de vent qui faisaient vaciller les arbres et menaçaient de renverser les poteaux télégraphiques. Qiáng avait pensé trouver sa femme, inquiète, écoutant les bulletins d'information à la radio, il n'en fut rien. Elle était trop occupée à mettre de l'ordre dans ses partitions. Il jugea plus sage de ne pas l'alarmer et espéra qu'une accalmie lui permettrait malgré tout d'embarquer pour Hong Kong le lendemain.

Le samedi matin, le ciel était encore lourd et la pluie continuait à tomber par salves brutales. Vers dix heures, Měi et Ān s'affairaient pour finaliser les bagages quand elles entendirent des moteurs d'avions volant très bas, puis de nouveau vers onze heures et, quelques minutes plus tard, des explosions comme des coups de tonnerre lointains. Ensuite, tout redevint silencieux. Inquiète, Měi demanda à Qiáng s'il n'était pas déraisonnable de partir dans un tel climat d'incertitude. Il suggéra de repousser toute décision à la dernière minute ; il s'informerait avant de quitter la villa. Měi appela Shēn dans sa chambre. Depuis l'épisode chez le professeur Xi, l'enfant ne parlait plus et refusait catégoriquement de jouer au piano. Elle lui montra des partitions et lui proposa de choisir le morceau qu'il souhaitait l'entendre jouer avant son départ. Il fit mine de ne pas comprendre alors elle attrapa celle du *Concerto en ré mineur* de Bach, celui sur lequel était née leur complicité musicale. Le temps de l'allegro, Shēn détourna la tête vers la porte mais lorsque Měi entama l'adagio, il la regarda jouer, frissonna et des larmes perlèrent le long de ses joues. Elle leva les yeux vers lui : leurs regards se croisèrent et retrouvèrent, l'espace d'un instant, la lueur d'espoir et de passion qui les avait animés tout au long de cette année. Puis Shēn partit en courant. Měi resta seule avec son Steinway. Pour la première fois en plus de vingt ans, elle allait s'en séparer. Elle sentit son cœur se serrer avec le douloureux pressentiment qu'elle ne le retrouverait peut-être jamais. Ses doigts caressèrent les touches longuement puis elle trouva la force de se lever et posa ses paumes sur les deux papillons, sentit frémir leurs ailes jusqu'au bord de ses lèvres puis les vit s'envoler, ils emportaient au loin le plus doux secret de son existence.

Au moment du départ, Shēn demeura introuvable, Měi remit alors à Ān la partition du concerto pour le garçon et lui fit promettre de prendre contact avec le frère de Piotr. Elle serra chaleureusement les mains de l'*āyí*, lui assurant que, très bientôt, eux aussi viendraient la retrouver à Hong Kong.

Cela faisait plusieurs heures qu'ils n'avaient plus entendu un avion. Qiáng était convaincu que l'aviation chinoise avait renoncé à poursuivre ses bombardements compte tenu de la très mauvaise visibilité. Il pensait aussi que les bateaux de ligne profiteraient de l'accalmie pour larguer les amarres. Il était temps de partir. La chaussée était jonchée de branchages, de feuilles et de détritus. Certaines rues de Hongqiao étaient bloquées par des arbres renversés. La ville semblait captive d'une brume dense et sombre. Alors qu'ils se rapprochaient du centre, Měi put constater que l'activité avait repris : des spectateurs faisaient la queue devant le cinéma Métropole, un match de cricket avait lieu au champ de courses et les grands magasins *Sun Sun and Sincere* étaient ouverts. Cependant, Shanghai avait changé de visage : la rue de Nankin était noire de monde, ce n'était plus une foule de passants qui occupait le trottoir mais des files de réfugiés chinois poussant, dans des brouettes, les affaires qu'ils avaient eu le temps de rassembler, portant dans leur regard l'horreur et la peur. Piotr roulait si lentement que Měi pouvait voir chaque figure qui défilait devant sa vitre baissée, elle en était bouleversée. Elle pensait à Vince, c'était un réconfort pour elle de le savoir en sécurité aux États-Unis, loin de leur monde qui s'effondrait devant ses yeux. Elle pensa alors à embarquer à son tour pour l'Amérique afin d'y retrouver son fils, sa sœur et, peut-être aussi, son grand amour.

La foule fut subitement prise d'un mouvement de panique provoqué par le vrombissement d'une escadrille chinoise volant à très basse altitude en direction du Huangpu. La voiture demeura coincée sur la rue de Nankin, devant les arcades commerciales *Sassoon* où des touristes se précipitèrent pour se mettre à l'abri. Qiáng eut tout juste le temps de dire :

— Ils vont essayer de toucher l'*Idzumo*, pourvu qu'ils ne ratent pas leur cible !

Ils entendirent deux explosions du côté du Bund qui firent trembler la voiture. Qiáng voulut sortir de la Buick pour se réfugier à l'hôtel *Cathay* et demanda à Piotr d'aider Mĕi. Le chauffeur n'eut pas le temps d'atteindre la portière, il fut projeté en arrière par une déflagration provoquée par une troisième bombe. Qiáng et Mĕi hurlèrent, ne sachant plus s'ils devaient s'enfuir ou rester dans le véhicule. Ils n'eurent pas à se décider : une quatrième bombe tomba juste derrière la Buick, y mettant immédiatement feu. Ils moururent à seize heures vingt-sept, l'heure à laquelle l'horloge de l'hôtel *Cathay*, touchée par un éclat de shrapnel, s'arrêta en ce samedi sanglant.

II

Consens à la brisure, c'est là
Que germera ton trop-plein
De crève-cœur, que passera,
Un jour, hors de l'attente, la brise.

François Cheng

Chapitre 4

Hong Kong, 25 septembre 2014

Xià s'engouffre avec la brise dans une *back alley*, elle se sent portée par une joie enfantine qui lui rappelle celle de ses débuts au piano à Baoji. Toute à son excitation, elle trébuche et s'effondre aux pieds d'un homme, occupé à brûler du papier d'offrande. À travers un nuage de fumée, leurs yeux se rencontrent, il s'adresse à elle en cantonais, l'étudiante devine qu'il s'inquiète pour elle. Elle se relève, sautille d'un pied sur l'autre, lui prête un sourire et l'un des rares mots qu'elle connaisse dans sa langue : « merci ». Cela ne fait que quelques semaines qu'elle est arrivée à Hong Kong mais déjà elle s'est fait la promesse d'apprendre la langue locale, tout comme elle a décidé de renforcer son anglais dont elle a découvert la faiblesse. Elle se sent grisée par tout ce qu'elle a à explorer, par les nombreuses opportunités que cette ville lui offre. Ici, elle est libre de son temps et la rupture avec son quotidien de lycéenne au Shaanxi, rythmé du soir au matin, du lundi au dimanche, auquel elle se pliait comme un bon soldat, est vertigineuse.

Xià se retourne et, tout au bout de l'allée, coincée entre des tours résidentielles, ne voit plus qu'elle : la maison de Tillie, avec ses trois étages, son imposante façade édouardienne, alliant la brique et le stuc, ses grandes portes-fenêtres et ses balcons. Elle n'était jamais entrée dans une demeure aussi élégante avant aujourd'hui. Elle repense à la vieille dame : cela ne fait aucun doute, c'est une fée. L'annonce trouvée dans son foyer universitaire alors qu'elle venait à peine d'y poser sa valise n'était-elle pas un premier signe de magie ?

Personne privée recherche jeune pianiste pour jouer au piano à son domicile à Happy Valley. Le piano est un Steinway à queue de 1914. Musiciens confirmés et de confiance, adressez votre lettre de motivation et CV à contact@FuMusicFoundation.com.

Xià était passée devant de nombreuses fois, y avait pensé au cœur de ses nuits, avait entendu un murmure lui suggérer qu'il était temps de faire la paix avec la musique. Cette main tendue, ce clavier offert, pourquoi avait-elle eu le sentiment qu'ils étaient là pour elle ? L'idée était devenue si obsédante qu'elle avait décidé de tenter sa chance. Elle avait envoyé, sans trop d'espoir, une lettre expliquant qu'elle avait suivi une formation au conservatoire à Pékin, interrompue à l'âge de quatorze ans, qu'après d'excellents résultats au *Gaokao*, elle avait obtenu une bourse pour étudier la finance à Hong Kong et qu'elle serait heureuse de se remettre au piano. Xià avait relu une vingtaine de fois l'e-mail de réponse l'invitant à passer une audition, il lui avait semblé être en plein rêve.

Ce qu'elle vient de vivre auprès de Tillie, au contact de son piano, dépasse largement ses espérances. La musique, malgré les années de rupture, ne l'a jamais quittée, elle en est maintenant convaincue.

Dans le tram qui la raccompagne vers le campus, assise à l'étage supérieur, elle observe l'effervescence de la rue : le flot continu des passants anonymes, le clignotement des enseignes lumineuses, la trajectoire solitaire d'un vélo s'aventurant sur les rails, les allées encombrées des marchés, les lignes verticales des immeubles qui ne semblent avoir que le ciel pour limite. Elle remonte les ruelles escarpées vers l'université et s'arrête pour acheter un *dòu bāo* à une vendeuse de rue. Son cantonais maladroit fait sourire la vieille femme, elles plaisantent : ces échanges chaleureux sont rares dans cette ville trop pressée. Xià se surprend à flâner ainsi mais ses cours sont annulés en raison d'un boycott des étudiants. Elle prête peu attention aux revendications politiques dont elle ne comprend pas les enjeux et espère simplement que ses classes ne seront pas perturbées trop longtemps. Sur le campus, quelques étudiants distribuent des tracts pour relayer les revendications pour le suffrage universel, aussi placardées sur le mur de la Démocratie. Xià monte travailler à la bibliothèque : il y a du monde, comme d'habitude. Elle y reste tard. De retour dans sa chambre, elle reçoit un appel de sa mère. Xià aime entendre sa voix, elle lui manque. La jeune fille répond en cantonais. Silence à l'autre bout du fil. Xià explose de rire :

— Maman, c'est moi ! J'ai décidé d'apprendre le cantonais, c'est très utile ici !

— Abandonne. C'est une perte de temps et ce sera très mal vu.

— Au contraire, les Hongkongais préfèrent parler leur langue et puis j'ai du temps ! D'ailleurs, je ne te l'ai pas dit, beaucoup de cours ont été annulés cette semaine.

— Vraiment ? Mais pourquoi ? Vous venez tout juste de commencer...

— C'est à cause des revendications des étudiants, ils ont appelé au boycott des cours pour réclamer plus de démocratie. Sur notre campus, c'est assez calme mais visiblement, à la Chinese University, la mobilisation est très forte.

— Comment es-tu au courant ?

— Maman... ici, tout le monde en parle, c'est partout dans les journaux, sur Internet...

— Je t'interdis de participer à ce mouvement. Tu gardes tes distances.

— Bien sûr, cela ne me concerne pas. J'observe, c'est tout, maman. Ne t'en fais pas.

— Tu n'as pas l'air de comprendre. Tu n'observes pas. Tu restes sur le campus, tu évites au maximum les lieux publics. Je ne veux surtout pas que tu sois mêlée à quoi que ce soit. C'est entendu ?

— Mais maman... pourquoi es-tu si inquiète ? Je ne risque rien.

— Ne discute pas. Si tu veux garder ta bourse et continuer à étudier à Hong Kong, tu dois être irréprochable. C'est entendu ?

— Oui, maman, bien sûr, mais il n'y a aucune raison de paniquer... Je ne comprends pas ta réaction.

— Il n'y a rien à comprendre. Ils nous ont à l'œil, et toi aussi, alors tu obéis, un point c'est tout.

— Ça va, je garderai mes distances, je te le promets. Comment va papa ?

— Comme d'habitude. Je ne te le passe pas, il dort. Allez, bonne nuit !

Un nœud d'angoisse vient se loger dans la gorge de Xià. Ce ton inquiet de sa mère, elle l'a reconnu ; l'ombre est revenue. Cette peur, Xià ne l'a rencontrée qu'une fois auparavant : la nuit à Shanghai où tout a basculé pour elle et son piano. Le lendemain, elle avait été incapable de jouer à son concours et, juste après, avait quitté le conservatoire. Elle aimerait savoir d'où provient cette inquiétude maternelle, quelle est la menace qui pèse sur leur foyer mais elle n'ose pas poser de questions, surtout pas sur le passé de sa famille. Tout cela reste une énigme pour elle. Avec ses parents, la vie ne se conjugue qu'au présent et au futur, et ce futur, elle sent bien que c'est elle qui en porte la responsabilité.

Elle ne veut pas inquiéter sa mère : elle aime tant son sourire, a tant besoin de sa force aussi. L'*Adagio* de Bach résonne alors dans son cœur ; Xià pensait à elle en le jouant chez Tillie. C'est sa mère qui lui en a offert la partition, une vieille édition allemande, à la couverture bleue, dont les portées sont annotées de commentaires en anglais. Si souvent, elle l'a joué à sa demande. Ce morceau les lie plus qu'aucun autre. Xià ne sait pas quand elle pourra retourner chez la vieille dame et jouer à nouveau l'*Adagio* sur son piano. Peut-être vaudrait-il mieux renoncer à la magie dès maintenant.

Xià suit les conseils de sa mère et reste sur le campus. Elle passe le week-end entre sa chambre et la bibliothèque. Le travail est un refuge naturel. Dimanche, ils sont peu nombreux à étudier. Par la fenêtre, Xià observe un va-et-vient incessant d'étudiants, beaucoup portent un T-shirt blanc avec un ruban jaune, tous s'affairent autour de bannières. Plus tard dans la journée, elle s'apprête à rassembler ses affaires quand l'étudiante à ses côtés pousse un cri, se lève et hurle dans un anglais teinté d'un fort accent espagnol :

— Les policiers attaquent, ils s'en prennent à la foule, c'est atroce !

Elle attrape Xià par la manche pour qu'elle constate, elle aussi, la brutalité des forces de l'ordre. Tous les étudiants se connectent aux réseaux sociaux pour suivre les événements en direct. Dès qu'elle le peut, Xià s'échappe. L'effervescence est palpable partout sur le campus. Dans sa résidence, des étudiants sont allongés sur les canapés de la salle commune, des compresses sur les yeux : ils ont reçu du gaz lacrymogène en pleine figure. Sur la télévision commune, des reportages passent en boucle : des citoyens de tous âges occupent les artères routières devant les bâtiments du Gouvernement ainsi que les passerelles piétonnières qui survolent ces axes. La foule est calme, ordonnée et pacifiste. Face à eux, les policiers font rempart, en uniforme kaki, protégés par des casques à visière, des masques à gaz et des boucliers. Ils appellent les manifestants à se disperser et menacent de tirer du gaz en cas de résistance. Personne ne bouge. Les policiers tirent. Des parapluies se dressent.

Le lendemain et les jours qui suivent, Xià ne peut se soustraire aux événements : « la révolution des parapluies » paralyse la ville, l'université est en première ligne de ce combat. Les manifestants ont décidé de ne pas céder tant qu'ils n'auraient pas obtenu des garanties du Gouvernement. Ils campent sur les voies rapides et leurs tentes multicolores forment un grand village dans lequel ils organisent une résistance pacifique. Partout, Xià entend parler du formidable élan populaire qui porte ce mouvement. Elle est sensible à cet enthousiasme et à cette solidarité mais dès qu'elle sent monter le désir de s'en approcher, elle entend la voix de sa mère la mettre en garde. Alors, elle se referme sur elle-même et regrette ses premières semaines de liberté dans le Port aux Parfums, tant de promesses évanouies. Souvent, elle pense à Tillie et son Steinway, ils ont rejoint son monde onirique, cette existence parallèle qui n'appartient qu'à elle.

Alors que le mouvement de protestation s'installe dans la durée, Xià remarque de plus en plus d'affiches dirigées contre le gouvernement de Pékin et les Chinois du continent. Elle a reçu des consignes sécuritaires strictes du Bureau de liaison. Elle se sent isolée, confuse aussi. Que doit-elle redouter ? Ne sont-ils pas tous chinois ? Ne devraient-ils pas être fiers d'appartenir à la même patrie ? Parfois, quand elle est seule, elle s'aventure sur Internet, elle tape des mots que sa mère lui a toujours interdit de prononcer : Tiananmen, 04/06/1989... et quand elle voit ces images, son cœur saigne sans savoir pourquoi. Tout cela a été manipulé par l'Ouest, c'est ce qu'elle a toujours entendu dans son lycée quand par malheur quelqu'un osait en parler. À Hong Kong aussi les manifestants sont influencés par les Occidentaux, c'est l'explication qu'elle a reçue. Elle aimerait poser des questions sans avoir à chuchoter, sans avoir à craindre de vouloir comprendre.

Dans sa chambre, Xià ouvre la fenêtre pour laisser entrer les bruits de la nuit : la rumeur de la ville se confond avec le chant des cigales. Elle n'a pour vue qu'un mur de pierre, envahi par les racines tentaculaires d'un banyan. Elle aime observer les saillies noueuses de ces lianes voraces qui tracent leur route en dépit de tous les obstacles. Dans le noir, elle s'allonge tout habillée sur son lit et ferme les yeux pour mieux entendre les battements de son cœur. Des tambourinements contre sa porte la font sursauter. Elle se lève aussitôt et entend des pas rapides s'enfuir. La jeune fille ouvre, le couloir est vide. Les stridulations d'un criquet la font tressaillir. Par terre, Xià trouve une petite cage en bois contenant un insecte, un message y a été accroché. Elle y lit les mots suivants :

Retournez chez vous les sauterelles
Cessez de nous envahir et de nous piller
Retournez dans votre cage
Et laissez-nous notre liberté !

Xià approche son visage de la cage, l'insecte se replie contre les barreaux, c'est un grillon. Son père lui a appris à distinguer un grillon d'un criquet ou d'une sauterelle. Lorsqu'elle était au conservatoire à Pékin et qu'elle vivait seule avec lui, ils ont hébergé quelques grillons de combat. Son père a voulu tenter sa chance comme avec tant d'autres jeux d'argent. Elle a apprécié la présence de ces petits compagnons : ils ne leur ont pas apporté la fortune escomptée mais ont eu le mérite de la distraire. Xià relit le mot et ne comprend pas. Doit-elle se sentir coupable de quelque chose ? Pourquoi l'agresse-t-on ? Tous ces flux d'informations, tous ces événements, tous ces points de vue, toutes ces oppositions et ces contradictions la déstabilisent. Elle ne sait pas quoi penser. Elle pose la cage sur le rebord de la fenêtre, ouvre la porte, le grillon se rétracte sur la paroi opposée, il ne sort pas. Peut-être est-il blessé ? Xià se rallonge, ferme les yeux, sent des larmes chaudes couler jusqu'à ses lèvres et fredonne alors l'*Adagio*. La musique n'a pas besoin d'explication. Quelques secondes plus tard, le grillon chante, la cage est vide. Demain, Xià retournera chez Tillie, elle aussi éprouve le besoin vital de chanter, à sa manière.

Chapitre 5

Extraits du journal de Tillie

New York, mars 1943

J'aimerais tant que le printemps revienne et avec lui tous ceux que cet hiver a emportés. Je n'ai pas osé écrire toutes ces tristes nouvelles à Joseph. Comment les accueillera-t-il, lui qui vogue vers l'Europe, vers une autre menace de mort qui me hante et qui ne peut que le terrifier ? Je sais que Ma se chargera de les lui transmettre. Mais ici je dois écrire, à qui d'autre pourrais-je me confier ?

C'est notre grand-père Opa qui nous a quittés le premier. Il n'a pas survécu à sa mise à la retraite forcée : ranger ses outils, quitter l'atelier qu'il a occupé pendant cinquante ans, voir la fabrication de pianos être remplacée par celle de planeurs, c'était trop pour son cœur déjà si fragile. Je l'ai accompagné le jour où il a fait ses adieux à l'usine ; avec son départ, c'était un peu de notre enfance qui s'envolait pour de bon. Et ce jour-là, peut-être étais-je moins avec lui que je n'étais avec Joseph, plongée dans nos souvenirs, dans la féerie et le mystère de ces lieux. Enfants, nous aimions tant grimper en haut des piles du dépôt de bois, je demandais alors à mon jumeau d'écouter le bruit du vent qui s'infiltrait entre les planches, lui racontais que chacune détenait un peu des secrets de l'univers et que, bientôt, une fois que la magie Steinway aurait opéré, elles les restitueraient en musique. Nous humions les ceintures de bois avec piété et remplissions nos poches de sciure comme s'il s'agissait de poussière d'étoiles. Fascinés, nous observions la mécanique des claviers et insistions pour connaître le nom et le rôle de chacun des composants. Souvent, Joseph rêvait dans un coin tandis que je restais auprès d'Opa lors de son inspection finale des pianos : je l'écoutais religieusement contrôler chacune des notes et contemplais la dextérité avec laquelle il effectuait les derniers réglages, ponçant ou piquant le feutre des marteaux, jusqu'au moment où il déclarait que le piano avait trouvé son harmonie. À ces mots, mes yeux s'illuminaient et je tapais de joie dans mes mains. Tout cela appartenait au passé désormais ; on ne produisait plus de Steinway. Opa était désœuvré, seul dans sa petite maison à Astoria. C'est là que mon père l'a trouvé dans son lit, son cœur l'avait lâché en pleine nuit.

Avec Pa, nous avons rangé la maison et rempli des cartons, sans parvenir à libérer nos émotions. Sur le piano droit de son enfance, il a posé ses mains, je pensais l'entendre jouer mais il est resté figé, le regard perdu vers un horizon intérieur inaccessible. Je me suis approchée pour prendre un peu de sa peine mais il a subitement refermé le couvercle, s'est levé et détourné de l'instrument. Quels avaient été ses rêves lorsque, petit garçon, il avait appris à jouer avec sa mère ? Avait-il toujours su qu'il suivrait l'exemple de son père pour devenir accordeur à son tour ? Avait-il eu le choix ? Pourquoi étais-je incapable de lui poser toutes ces questions ? Pa, si discret, si calme, toujours à l'écoute des autres, qui ne se livre jamais. Il y a tant de choses dont il ne parle pas, comme ce voyage en Chine qu'il aurait fait dans sa jeunesse, au retour duquel il aurait été emprisonné, soupçonné d'être un espion à la solde de l'Allemagne, un pays où il ne s'était jamais rendu. Notre grand-mère nous l'avait conté sans jamais que nous ne parvenions à savoir s'il s'agissait de la vérité ou d'une légende familiale. Pa en Chine, cela semblait tellement improbable, lui si solidement enraciné dans la galaxie Steinway. J'envie tant sa tempérance, sa dévotion pour les concertistes dont il semble comprendre toutes les exigences comme s'il avait accès à leur musique intérieure.

Oh ! Pa, pourquoi ne suis-je pas comme toi ? Pourquoi chez moi tout est confus, tout s'agite, tout m'attire et me tourmente à la fois ? Pourquoi mes voix intérieures se déchirent, incapables de faire des choix ? Si seulement tu savais à quel point je suis perdue. Vous m'avez tant donné, j'ai tant d'envies, mais je ne sais pas par où commencer. J'aimerais avoir une vocation claire, comme vous tous dans la famille, pouvoir donner le meilleur de moi-même sur une voie bien tracée.

Ce jour-là, j'aurais dû te parler, Pa, me confier mais aussi prendre le temps de t'écouter. Je me suis contentée de t'aider à envelopper les souvenirs de ton enfance et de la mienne, entremêlés dans ces objets du quotidien dont tu avais décidé de te séparer. Tu n'as gardé qu'une chose, la boîte à musique en forme de piano d'Opa, qu'il avait lui-même construite, enfant, dans l'atelier familial en Allemagne. La musique, notre héritage, notre ancrage d'un continent à l'autre, d'une génération à la suivante. Quel maillon puis-je être dans cette chaîne ? Ai-je le droit de la rompre pour explorer d'autres horizons ? Ces questions ne me quittent jamais, même au Steinway Hall, où j'ai pourtant trouvé ma place.

Quelques semaines plus tard, alors que je rentrais tard d'une de mes sorties clandestines, j'ai entendu la toux de Grandpa lui déchirer la poitrine. Je suis restée longtemps dans le couloir, les mains posées contre la porte, incapable d'entrer et d'affronter sa souffrance. Mes vêtements, mes cheveux sentaient le tabac et la sueur, ils respiraient la vie, celle à laquelle j'allais me frotter tous les soirs pour oublier la douleur, pour ne pas penser à la mort et pour chasser la peur. Derrière cette porte, voir mon grand-père si affaibli, notre roc anéanti par la maladie, était au-dessus de mes forces. Le silence revenu, je me suis laissée glisser par terre, le dos collé au mur, la tête dans les genoux pour y enfouir ma lâcheté. Joseph prêt à combattre l'ennemi nazi, Grandpa au seuil de la mort et moi perdue dans mon déni. Dans cette confusion, j'ai entendu sa voix murmurer : « du bist es, meine Liebe ? Ich brauche dich meine Frieda. » « Frieda », *il appelait sa femme. Mon cœur s'est mis à battre si vite, j'ai entrouvert la porte, la chambre était dans la pénombre, seule une lampe de chevet éclairait le lit, le drap blanc qui couvrait son corps de colosse avait déjà la lourdeur d'un linceul. Il ne bougeait pas, son visage était d'une pâleur extrême. Lorsqu'il a entendu mes pas, un frisson a parcouru ses membres. Il a ouvert les yeux, a regardé dans ma direction et, dans un allemand confus que je m'efforçai de comprendre au mieux, il a soufflé : « Ah tu es enfin là, mon amour, mon Isolde, chante pour moi, je suis prêt. » J'ai senti des sanglots m'étrangler et j'ai su ce qu'il attendait, ce chant qu'il aimait tant, la mort de Tristan, le moment était venu. Ce que j'ai ressenti alors, la voix qui est venue se mêler à la mienne, tout cela n'était pas de notre monde. J'en frissonne encore en l'écrivant aujourd'hui, mes larmes sont là qui gouttent sur ce carnet. C'était bien ma grand-mère Frieda qui chantait le* Liebestod *pour son amour, elle était là, en moi, forte, puissante, passionnée, c'était elle qui glissait sa main sous le drap pour attraper celle de mon grand-père, qui s'allongeait tout contre lui, qui posait ses lèvres sur son front. À cet instant-là, la main de Grandpa a serré la mienne et d'une voix déjà si lointaine, il a glissé à mon oreille ces dernières paroles : « Merci ma Tillie » et puis, il est parti. Quand je repense à la proximité de nos corps et de nos cœurs, à ces dernières minutes de vie qui n'ont appartenu qu'à nous, dont il me sera impossible de partager le mystère, je me sens forte car je ne suis plus seule, je sais que je vis avec eux, qu'ils m'accompagnent. Oh ! Joseph, peut-être que toi tu comprendrais, toi qui es toujours avec moi, bien qu'un océan nous sépare. J'ai voulu t'écrire mais je n'y arrive pas.*

Ma n'a pas attendu longtemps pour emménager dans l'appartement de ses parents, je vis donc à nouveau avec les miens. Sans Joseph, cette cohabitation est encore plus insupportable qu'elle ne l'était il y a quelques années. Je dois trouver un autre logement, préserver ma liberté. Impossible de sortir le soir avec Ma qui s'érige en gardienne des bonnes mœurs et fait la vigie en pleine nuit. Elle pique des colères dès que je me mets au piano pour chanter, je dois garder mes Mood Indigo *pour moi et me sens proche de l'implosion. J'ai rangé tous mes disques de jazz et me contente à présent d'en admirer les pochettes. Je ne comprends pas comment elle peut-être si désagréable avec moi, suis-je à ce point une déception pour elle ? Ne pourrait-elle pas exprimer un peu de fierté pour ce que je fais ? Elle sait pourtant que tout le monde apprécie mon travail chez Steinway. Il n'y a rien à faire, ma simple présence semble l'exaspérer. Je suis convaincue qu'elle regrette que ce ne soit pas moi qui aie été envoyée au front plutôt que Joseph. Heureusement Pa est là, sa douceur et sa gentillesse m'apaisent. J'aime nos trajets à pied entre West End Avenue et Steinway Hall. Il connaît tous les secrets de Central Park : son attention à la nature, à la naissance des premiers bourgeons, au chant des oiseaux, au souffle du vent dans les arbres, est un réconfort, une invitation à accueillir l'immuable alors qu'autour de nous tout semble s'effondrer. Je me sens terriblement vieille, comme si ces deux dernières années avaient été deux décennies. Comment être jeune en pleine guerre, quand l'insouciance est une offense ?*

Au Département des artistes, nous avons été les premiers à l'apprendre. Mon patron, en larmes, a demandé à sa secrétaire d'immédiatement prévenir Horowitz et à moi d'informer mon père : Rachmaninov venait de mourir. Mais un immortel ne meurt pas ! Comment le dire à Pa ? Dans l'ascenseur entre le troisième étage et le Basement, j'ai vu défiler nos souvenirs aux côtés du maître, il a toujours occupé une place de choix dans nos vies. Pour Pa, avoir été l'accordeur attitré du plus grand des compositeurs et pianistes vivants est plus qu'une fierté, plus qu'un honneur, cela a donné un sens à sa vie, ou tout du moins c'est ainsi que je l'ai toujours perçu. Quand je suis arrivée au sous-sol, le silence m'a surprise. La lourde porte glissante s'est ouverte sur l'enfilade des pianos de concert somnolant dans le noir. J'allais partir quand, du fond de la pièce, j'ai entendu une mélodie jouée en sourdine et, sous un maigre faisceau de lumière, ai aperçu la silhouette de mon père, penchée sur le piano qu'il affectionnait le plus, celui sur lequel Rachmaninov avait si souvent joué et dont les tonalités veloutées et profondes le touchaient davantage que toutes les autres.

*Sur la pointe des pieds, je me suis glissée à ses côtés, me suis mise au piano voisin et ai repris avec lui les notes de l'*Adagio *de Bach, le seul morceau qu'il joue. Nous l'avons interprété à l'unisson à plusieurs reprises sans échanger ni regards ni paroles. Je devinais dans le jeu de mon père, derrière ces notes si familières, une douleur profonde. Était-il déjà au courant ? Quand le silence est revenu, Pa s'est tourné vers moi mais son regard était ailleurs et, dans ses yeux, il me semblait lire l'expression d'une mélancolie insondable. Convaincue qu'il savait déjà, je lui ai dit : « Je suis désolée, tu l'aimais tant ! », c'est alors qu'il a répondu dans le vide : « Oui, elle me manque à chaque instant mais quand je joue ces notes, je sais qu'elle ne m'a pas oublié et que nos âmes sont unies pour toujours. » De quoi parlait-il ? Je lui ai finalement annoncé pour Rachmaninov, il a marqué un temps de pause puis m'a regardée comme s'il découvrait ma présence. Il m'a fait répéter, ses yeux se sont emplis de larmes, ses mains ont caressé l'ivoire des touches puis il s'est levé et, sans un mot, est parti s'enfermer dans son atelier. Quel étrange échange ! Quelle est cette part d'ombre que je ne lui connais pas ? J'ai hésité à partir avant de m'y résigner. En sortant, j'ai laissé la porte coulissante se refermer sur sa souffrance.*

J'écris ces lignes ce soir d'une plume lourde de tant de larmes, de tant de doutes, de tant d'absences. Plumes, de simples plumes. Voilà ce que nous sommes, si fragiles et si éphémères. Comment donner un sens à cette vie sur terre ? Comment toucher les âmes pour s'approcher au plus près de l'intime, accéder à la vérité… ?

* *
*

New York, 7 mai 1945

Que retenir de cette journée ?

J'aimerais ne choisir que l'espoir, m'y accrocher comme à une torche, tenir haut cette flamme dont Joseph parle dans sa lettre... Penser aux retrouvailles prochaines plutôt qu'aux blessures si vives !

Quelle joie immense ce matin de recevoir des mains du doorman *un courrier de Joseph après des semaines de silence et d'inquiétude ! Depuis sa mobilisation, il a toujours pris le temps et trouvé le moyen de m'envoyer, avec régularité, un mot, une pensée ou un récit. Si bien que depuis son départ pour l'Europe, il y a plus de deux ans maintenant, nous sommes restés très proches. Grâce à lui, je me suis sentie plongée dans la vérité de la guerre, j'ai vécu ses lettres, frémi de ses blessures, pleuré la perte de ses compagnons, senti, à chaque instant, que nous sommes liés par une intimité qu'aucune distance ne pourrait abîmer.*

Malheureusement, j'étais en retard et j'ai dû ranger sa lettre dans mon sac. Hors de question de la lire à la va-vite, ses mots sont trop précieux ! Quand je suis arrivée au Steinway Hall, j'ai trouvé tous les employés réunis sous la coupole et notre président près de faire un discours. J'ai aperçu Pa, me suis approchée, l'ai interrogé du regard mais il ne connaissait pas la raison de ce rassemblement. Quelle émotion à l'écoute des paroles de Theodore Steinway, prononcées sous la bannière étoilée qui habille notre vitrine depuis le début de la guerre. Il a été le premier à nous rapporter la nouvelle divulguée le matin même par Associated Press : la capitulation de l'Allemagne. Une clameur s'est répandue dans le groupe avant de s'unir en un seul cri : « Hourra ! God bless America ! »

Puis nous nous sommes tus pour écouter la suite. Il nous a invités à nous souvenir des employés morts au front et de ceux – dont ses fils – toujours mobilisés dans le Pacifique. Il a salué notre effort à tous pour nous adapter à ce contexte exceptionnel : l'arrêt de la production de pianos au profit de planeurs puis de cercueils, la création du modèle Steinway Victory qui accompagne nos soldats sur tous les fronts, le rôle de nos instruments qui ont servi les plus brillants musiciens dans leurs efforts pour lever des fonds, souder notre nation et soutenir nos troupes, nos initiatives pour former des musiciens à la thérapie par la musique afin d'apporter réconfort et apaisement à nos soldats convalescents. Il a loué notre fidélité à l'entreprise malgré tous les soupçons qui ont pesé sur elle du fait de ses origines germaniques et de ses activités en Allemagne. À la fin de ce discours, tout le personnel a repris en chœur les mêmes paroles : « Hourra ! God bless America ! » *Pa et moi sommes restés figés, entre sidération et incrédulité, face à cette nouvelle si longtemps attendue. Durant toute la durée du discours, nous nous étions tenus par la main. Pa a ensuite déposé un long baiser sur le haut de ma tête, un geste pudique, empli de tendresse. Nous aurions pu rester ainsi, silencieux, saisis entre deux temps, mais très vite, on est venu nous serrer la main, nous embrasser et nous nous sommes laissés happer par l'euphorie.*

Je suis ensuite sortie avec des collègues en direction de Times Square. Les voitures klaxonnaient. La foule était dense et, sur la place, nous avons été accueillis par une pluie de confettis. La ville était en liesse : on s'embrassait et dansait entre inconnus, brandissait des drapeaux, chantait, formait fièrement le V de la Victoire pour les photoreporters. Le silence s'est imposé le temps de la diffusion par haut-parleurs d'un message de La Guardia :

le maire nous demandait de regagner nos lieux de travail jusqu'à ce que le président Truman fasse une déclaration officielle, annoncée pour le lendemain. La victoire sera célébrée simultanément par tous les Alliés, demain. Cette annonce ne nous a pas découragés, notre joie n'était pas ajournable. La présence de soldats en uniforme m'a rappelé que celui avec qui je souhaitais avant tout fêter cette victoire n'était pas là. J'ai alors pensé à la lettre de Joseph que je n'avais toujours pas lue et, pressée par l'urgence de l'ouvrir, ai pris la direction du parc, à contre-courant des citadins qui continuaient à affluer. Je me suis assise sur le premier banc libre, j'ai sorti la lettre, l'ai posée sur mon cœur et, après une profonde inspiration, me suis immergée dans les mots de mon jumeau. Je ne me doutais pas de ce que j'allais lire…

Leipzig, 20 avril 1945

Ma Tillie,

Comme il est doux et douloureux de t'écrire après un si long silence. Tu dois m'excuser de t'avoir laissée sans nouvelles depuis des semaines et de m'être contenté d'envoyer des messages à nos parents : les rassurer sur le fait que j'étais physiquement en vie, cela je pouvais le faire sans mentir mais à toi je n'aurais pu dissimuler ma détresse.

Quelques jours après avoir franchi le Rhin, j'ai été affecté en tant qu'interprète à une nouvelle division, une unité qui enquête sur les crimes de guerre. Je ne suis plus sur le front et pourtant, rien, pas même les heures de combats les plus violentes de cette dernière année, ne m'avait préparé à faire face aux actes de barbarie sur lesquels nous sommes en train de lever le voile. Aurai-je le courage de te décrire l'horreur ? Existe-t-il des mots pour qualifier l'inhumain ?

Il y a un peu moins d'un mois, nous étions dans une petite ville de la Hesse, Hadamar. Là, nous avons été appelés pour enquêter sur ce que nos soldats venaient de découvrir : un asile psychiatrique dans lequel ont été séquestrés et tués des milliers d'hommes, de femmes et d'enfants. Je n'imaginais pas, avant d'entrer dans cette bâtisse en briques rouges, que je m'apprêtais à franchir le seuil de l'enfer. Dans les dortoirs de l'hôpital, les soldats nous ont conduits auprès d'internés aux regards hagards, prisonniers de leurs corps émaciés, trop faibles pour nous adresser le moindre mot. Derrière l'institution, nous avons trouvé des charniers ouverts dans lesquels avaient été empilés des cadavres, des corps dépouillés de leur chair, de leur identité et de leur humanité. Les interrogatoires que nous avons menés auprès du personnel hospitalier et de certains internés suffisamment valides ont révélé l'ampleur de cette entreprise de destruction humaine : des milliers d'innocents sont morts, gazés, affamés ou d'overdose de morphine, au motif qu'ils représentaient un fardeau pour la société. Handicapés physiques ou mentaux, patients en gériatrie, victimes de bombardements, travailleurs étrangers à bout de forces, tous ont été jugés indignes de vivre. Accueillir les confessions froides et brutales de leurs bourreaux dans cette langue allemande qui n'a toujours été pour moi que vecteur d'affection, me sentir envahi par la haine et l'envie de tuer pour punir, comment te rendre compte de la violence de mes sentiments ? Elle n'a d'égale que l'anéantissement de toutes mes valeurs morales, de ma foi dans l'humanité.

Quelques jours plus tard, après avoir parcouru des kilomètres sur des routes éventrées, traversé des villages dévastés, croisé le chemin d'un flot grandissant de réfugiés, nous sommes parvenus au cœur de la Thuringe, dans un village dont le nom te sera inévitablement familier : Ohrdruf. Oui, l'Ohrdruf d'Opa, et je ne saurais te dire mon soulagement de savoir qu'il avait quitté ce monde quelques mois avant que je n'apprenne, qu'ici aussi, les nazis ont commis les pires crimes. Qu'ai-je trouvé de ce lieu de légende de notre enfance ? Opa qui parlait si peu mais devenait intarissable quand il évoquait ses longues promenades dans l'épaisse forêt de Thuringe, le parfum familier des épicéas avec lesquels il avait confectionné ses premières tables d'harmonie, la ruelle pavée dans laquelle se trouvait l'atelier familial et qui menait à l'église Saint-Michaelis où Bach, aux côtés de son frère, fit ses débuts à l'orgue... Ce monde d'hier n'est plus. La cruauté humaine a eu raison de l'harmonie. Ici, dans le camp de travail forcé que nous sommes venus inspecter, nous avons été accueillis par des ombres, revêtues de pyjamas zébrés, trop faibles pour partir sur les routes de la mort, ayant miraculeusement échappé à la tuerie dans laquelle ont péri ceux qui n'avaient pas la force de rejoindre le cortège mortuaire des évacués. Ici, on ne respire plus que la mort, l'odeur âcre de la chair brûlée et des corps en décomposition. L'enfer a un visage sur terre : un hangar où l'on a entassé des corps hâves et nus, un bûcher de fortune sur lequel s'amoncellent des crânes et des fémurs trop solides pour partir en cendres, une potence à laquelle une forme humaine est suspendue par la longue corde d'un piano.

Ces images, ces odeurs me hantent, elles ont pris possession de mes nuits et mes jours. Je n'entends plus le silence, il est empli de plaintes agonisantes, d'appels désespérés, de rires sadiques, de craquements d'os et du crépitement d'un feu qui consume tout sur son passage.

Nous sommes arrivés hier à Leipzig. La ville vient tout juste d'être libérée. Ici, nos soldats ont fait face à une résistance tenace, le combat a été mené, quartier par quartier, maison par maison. Nous sommes là pour inspecter un autre camp, au nord de la ville, nous y irons demain.

Si aujourd'hui je parviens à t'écrire cette lettre, c'est qu'au cœur des ténèbres dans lesquelles je suis plongé, j'ai perçu une lueur d'espoir, elle est si fragile mais elle est mon unique perspective de salut. C'est le cœur meurtri que j'ai traversé les rues bombardées de cette ville à laquelle la musique m'a intimement attaché depuis l'enfance : du Gewandhaus, il ne reste plus qu'une façade éventrée, l'université a elle aussi subi d'importants dommages, autant d'illustres institutions qui ont vu s'épanouir les plus grands musiciens et penseurs et qui sont désormais à terre. Alors que notre jeep poursuivait sa route, j'ai immédiatement reconnu, malgré sa tour décapitée par les raids aériens, l'église Saint-Thomas : ce lieu que mon esprit a visité tant de fois, vers lequel la musique de Bach m'a transporté, encore et encore, dans l'effort, dans la peine mais aussi dans la joie et dans la plénitude. J'ai crié stop, le chauffeur a pilé et j'ai sauté de la jeep sans donner d'explications. J'ai poussé la lourde porte en bois et pénétré sous la nef, plongée dans l'obscurité de la fin de journée. Sous les hautes arches des piliers régnait le silence. Je n'entendais plus que les battements rapides de mon cœur et l'écho caverneux de mon souffle. Cette soudaine présence à moi-même, à ce lieu, m'a rappelé que j'étais vivant. Au même instant, l'aria des *Variations Goldberg* a déferlé, limpide et serein, depuis les hauteurs du narthex. Je me suis immédiatement senti enveloppé par l'arrondi puissant de l'orgue, attiré vers mon intimité la plus profonde, vers ce cœur d'humanité et de vérité que je croyais anéanti. Au rythme des variations, j'ai vécu mille vies, celles de ces âmes disparues qui un jour ont aimé, pleuré, dansé, célébré la vie puis souffert, avant d'être englouties par des flots injustement tumultueux. Je me suis senti traversé par ces flots, par ce courant vital, cet éternel retour. Alors j'ai compris que ma musique ne serait plus jamais la même, puisque désormais elle porterait l'écho de ces voix, de ces cœurs, elle serait emplie de leur souffle et de leur vérité. J'ai accueilli l'aria final avec un sentiment d'apaisement. Lorsque je me suis retourné, je n'ai eu le temps d'apercevoir qu'une silhouette fuyante, l'organiste s'était évaporé, il avait laissé la place à Bach, à sa musique, à l'essentiel. Ma surprise fut de trouver, agenouillés, quelques rangs derrière, mon major et mon sergent. Notre présence dans l'église, nos postures empreintes d'humilité et nos visages graves exprimaient tout ce qui pesait sur nos cœurs, mais que nous ne parvenions pas à formuler et encore moins à partager.

Tillie, plus que la mort, je crains ce face-à-face avec la barbarie. Je vais poursuivre cette descente aux enfers en m'arrimant à cette lueur d'humanité et lorsque je reviendrai, que je retrouverai mon instrument, c'est cette flamme que je chercherai à faire vivre.

J'aimerais maintenant pouvoir poser ma tête sur tes genoux et sentir ta main enfantine courir dans mes cheveux bouclés, entendre les éclats de ton rire et l'écho chaleureux de ton chant afin de m'assoupir au temps de l'innocence.

Ton frère,
Jo

Je tenais la lettre si fermement que le papier s'est déchiré et m'a révélé une lésion irréparable. Derrière ce ton grave, ces images sordides, ces mots désespérés, je voulais voir Joseph, plonger mes yeux dans les siens. Je m'accrochais au souvenir de son visage, enfant, crispé par ses terreurs nocturnes, dont les traits s'apaisaient lorsque je lui chantais des berceuses. J'ai repensé à la lettre dans laquelle je lui avais copié les paroles de Hit the road to Dreamland *pour lui rappeler que, quoiqu'il arrive, nous serions toujours unis par nos rêves d'enfants :*

Bye bye baby time to hit the road to dreamland
You're my baby dig you in the land of nod
Hold tight baby we'll be swinging up in dreamland
All night baby where the little cherubs trot

Oh ! mon Joseph, je suis de retour à la maison, je n'ai pas eu le courage de parler de ta lettre à nos parents, ils se réjouissaient trop de la victoire et de ton retour prochain. J'aimerais me coucher à tes côtés, unir mon souffle au tien, pour que nous n'ayons plus peur de rien.

* *
*

New York, 8 mai 1945

Ma main tremble alors que j'écris. Poser les mots sur le papier, est-ce accepter les faits ? Je refuse. Tu n'as pas le droit de m'abandonner.

Quand je pense que ce matin, je suis descendue le cœur enjoué, convaincue à mon tour que Joseph serait bientôt de retour. J'ai attrapé les journaux au kiosque, tous célébraient la victoire, puis j'ai acheté des fleurs et échangé des mots légers avec des inconnus. Le soleil était si radieux, il devait bien se moquer de moi !

Dans le lobby, j'ai heurté un coursier de la Western Union qui sortait, la mine grise. Je n'ai pas eu la patience d'attendre l'ascenseur et j'ai grimpé, quatre à quatre, les six étages. Arrivée dans l'appartement, j'ai savouré le calme. Alors j'ai eu envie de jouer un air gai de notre enfance, j'ai pris place au piano et retrouvé les notes de la Sérénade *des* Schwanengesang *de Schubert : j'étais là, dans ma robe de dentelle blanche, un nœud de satin bleu tenait mes longs cheveux en demi-queue, Joseph à mes côtés, dans son costume marin, se cachait du public derrière son violoncelle, nos parents et grands-parents étaient si fiers devant leurs amis réunis pour ce concert du dimanche, notre grand-mère a uni sa voix à celles de nos instruments. Ce moment est marqué en moi du sceau de la félicité.*

J'ai joué le morceau à deux reprises comme nous l'avions fait en ce dimanche lointain. La dernière note envolée, j'ai levé les yeux et, dans l'embrasure de la porte, mon regard a croisé celui de Pa. Il était livide, sa bouche contorsionnée dans une expression de souffrance que je ne lui connaissais pas. D'une main, il s'agrippait au mur pour ne pas chanceler et, de l'autre, tenait un papier jaune. Je me suis précipitée pour saisir le télégramme. Ces mots, je ne les oublierai jamais, je peux les restituer avec exactitude et pourtant j'aimerais tant qu'ils n'aient jamais été rédigés :

> Le secrétaire des Armées m'a chargé de vous informer, avec son plus grand regret, de la mort de votre fils, le lieutenant Joseph Schultz, le 7 mai 1945 au 67e hôpital d'évacuation stationné à Bayreuth, succombant à ses

blessures à la suite d'une attaque à proximité de Flossenbürg. Acceptez nos plus sincères condoléances, une lettre explicative suit.

ULIO l'Adjudant général

Au même instant, depuis la chambre des parents, j'ai entendu le grésillement de la radio puis la voix solennelle du président Truman célébrant la victoire de tous, tout en rappelant la douleur de certains. Ses mots résonnent encore : « The sorrow and the heartache, which today abide in the homes of so many of our neighbors whose most priceless possession has been rendered as a sacrifice to redeem our liberty. »

Aujourd'hui nous sommes ces voisins meurtris… et la douleur est insoutenable !

J'ai couru dans la chambre pour éteindre le poste. Ma était recroquevillée sur le lit, le visage enfoui dans ses genoux et, dans ses sanglots, je l'entendais répéter ces paroles : « Mein klein schätzchen, *ils ont tué* mein klein schätzchen, *pourquoi m'ont-ils pris ce que j'avais de plus précieux ?* »

Je me suis assise à ses côtés, ai posé ma tête sur son épaule, passé mon bras autour de son cou pour la serrer tout contre moi. Pour une fois, je la comprenais si bien. Moi aussi, j'ai perdu l'être qui m'était le plus cher au monde.

Joseph. Mon âme sœur.

Comment vivre sans toi désormais ?

Chapitre 6

Shanghai, juin 1943

L'aube se levait à peine lorsque Shēn quitta la maison de Bubbling Well Road. Sur le trottoir, couché devant le portail, l'aveugle était revenu. Le typhon passé, il s'était fait un lit de feuilles et, bravant l'interdiction de l'occupant japonais, y dormait d'un sommeil profond, son erhu serré contre son cœur. Shēn s'était inquiété de son absence : en ces jours troubles où la faim et la mort faisaient des rues de Shanghai un cimetière à ciel ouvert, il avait craint de ne plus jamais entendre le chant mélancolique qui lui rappelait des souvenirs lointains du Sichuan, du temps d'avant la famine, d'avant la perte de sa famille, d'avant sa propre naissance. Il s'étonnait de cette résonance intime, surgie d'un passé oublié. Ces tonalités chinoises, ancrées en lui, venaient s'infiltrer dans le flot musical venu d'Occident qui l'avait ramené à la vie, sept ans plus tôt, lors de son arrivée à Shanghai. Il observa le visage millénaire du mendiant, cette vieille pomme ridée à la chevelure et la barbe blanches ; dans son sommeil, ses yeux riaient. Il déposa à côté de lui le morceau de pain qu'on lui avait donné la veille au *Blue*

Butterfly. Le vieil homme n'ouvrit qu'un œil, celui du sage.

Shēn n'avait plus que ses pieds pour rejoindre le club : trams et bus ne circulaient plus depuis que les Japonais avaient pris possession de la concession internationale. Seuls des voitures individuelles réquisitionnées par de hauts dignitaires nippons, des camions militaires, des pousse-pousse à bout de forces et quelques précieuses bicyclettes naviguaient encore sur la chaussée désertée. Partout flottait l'œil rouge de l'Empire du Soleil-Levant, à l'exception de la concession française, administrée par le régime allié de Vichy. Shēn avait assisté à tant de changements dans cette ville qu'elle s'apparentait, pour lui, à de vastes sables mouvants sur lesquels il fallait avancer avec précaution. Que restait-il de la cité pétulante qu'il avait découverte, les yeux ébahis, depuis la banquette en cuir beige de la Buick de Měi ? Les ombres du vice et du crime, autrefois tapies dans des ruelles obscures, derrière les fières façades du Paris de l'Orient, régnaient désormais en plein jour.

À la mort de Měi, la famille de son mari avait récupéré la villa de Hongqiao et Ān était repartie travailler au service des parents de la défunte. L'*āyí* dévouée, désormais accompagnée de Shēn, avait retrouvé sa première demeure shanghaïenne, tout comme le Steinway qui les y avait suivis. En l'absence de ses propriétaires, installés à Hong Kong, Shēn avait pris l'habitude d'errer dans les pièces vides, si pleines de la présence de celle qui avait traversé sa vie avec la grâce et la fugacité d'un papillon, dont les battements d'ailes continuaient à guider son intuition musicale. Les parents de Měi avaient souhaité respecter les dernières volontés de leur fille, aussi avaient-ils continué à financer les études de son protégé chez les missionnaires ainsi que ses leçons de piano avec un immigré russe.

Il y avait eu quatre années de sursis pendant lesquelles la concession internationale s'était transformée en îlot, cerné par l'armée japonaise. Pour Shēn, ce temps avait été une parenthèse entièrement dévouée à l'étude. Grâce aux missionnaires, il avait découvert le goût de la lecture, et, dès qu'il avait pu, avait dévoré les œuvres traduites de Romain Rolland. Sous la direction de son professeur de piano, il s'était astreint à une discipline musicale extrêmement stricte. Shēn avait été surpris par la sévérité du pianiste russe qui contrastait avec la douceur de Měi. Igor lui avait enseigné avant tout la technique et le sens de l'effort, nécessaires pour forger l'humilité d'un bon musicien.

L'effort, Shēn ne le redoutait pas, bien au contraire, il était sa porte de salut, l'anesthésiant de ses angoisses. Il lui arrivait, en pleine nuit, de sentir venir l'orage menaçant de ses pensées sombres, il se précipitait alors au piano et jouait des gammes en sourdine jusqu'à l'épuisement. Ces incartades nocturnes dans le salon lui valaient les foudres de sa tante qui lui reprochait d'outrepasser les droits que ses généreux patrons lui avaient accordés. Shēn ne comprenait pas pourquoi il ne pouvait pas occuper cet espace déserté, pourquoi toutes ces richesses étaient accumulées dans cette maison vide alors que la faim venait à nouveau gronder dans ses entrailles. Il ne manquait pas de gratitude envers ses bienfaiteurs mais sentait la rage de l'injustice gronder en lui.

Un jour de décembre 1941, tout avait basculé : l'armée japonaise, qui avait si longtemps attendu aux portes de la concession, était entrée en force. Dès le lendemain, Ān avait trouvé, sur le portail, un avis de réquisition de la villa et de tous ses meubles. Quelques heures plus tard, Igor était arrivé, accompagné de militaires japonais. Sans donner d'explications, ils avaient emporté le Steinway malgré les protestations de l'*āyí*. Shēn était rentré de l'école et avait trouvé sa tante, à genoux, les mains en prière, le visage sans expression, à l'emplacement du piano désormais vide. Cette béance avait touché l'adolescent en plein cœur. Ce piano était son âme, le sentiment d'en avoir été dépouillé avait fait monter en lui une rage animale. Il s'était précipité sur sa tante et l'avait secouée de toutes ses forces : comment avait-elle pu les laisser prendre le Steinway ? Ān n'avait opposé aucune résistance et simplement bredouillé ces mots :

— C'est le Russe qui a volé le piano.

Shēn était allé attendre son professeur à proximité du *Blue Butterfly*, dans une ruelle grouillante de monde. Une odeur de nouilles, de choux et de lard était venue lui rappeler que cela faisait des semaines qu'il n'avait pas mangé à sa faim et cela avait alimenté sa colère. Quand il avait vu le pianiste passer dans la venelle, il lui avait sauté au cou dans le but de l'étrangler. Les trois musiciens qui accompagnaient le Russe avaient attrapé Shēn, amusés de voir ce tout petit homme s'attaquer à un colosse. Igor avait alors demandé à ses camarades de laisser son élève afin qu'ils puissent régler leurs comptes. Il avait tiré Shēn par la manche et l'avait conduit dans le club : sur l'estrade, éclairé par un jet de lumière bleutée, trônait le Steinway. Shēn avait observé, perplexe, son unique confident, désormais inaccessible.

Au même instant, Roger, le patron du club, avait fait son entrée et, dans un anglais au fort accent méridional, avait dit à Shēn :

— J'imagine que tu es le virtuose dont on a récupéré l'instrument ! Tu aimes Gershwin ? Et Puccini ? Grâce à toi, j'ai enfin le piano de mes rêves ! Tu sais que mes deux idoles jouaient sur des Steinway ? Ça ne court pas les rues de Shanghai ces petits bijoux, alors quand Igor m'a parlé de ton piano, j'ai sauté sur l'occasion. Avec un peu d'aide de mes clients japonais, on a pu organiser la combine. Ne fais pas cette tête, c'est ça de moins qu'on leur laisse et puis, si ça te rend si triste, tu n'auras qu'à venir jouer ici, y a personne dans la journée. Igor t'apprendra des airs d'opéra et de jazz, comme ça la relève sera assurée ! Allez, file, les clients vont arriver, on n'a pas besoin d'avoir un gamin dans les pattes !

C'était ainsi que, depuis bientôt un an et demi, Shēn se rendait tous les jours au *Blue Butterfly*. Au début, il y allait l'après-midi, après l'école, le club était désert, il n'y avait que quelques employés en cuisine qui préparaient le repas du soir ; les meilleurs jours, l'adolescent parvenait à s'y faire offrir des restes. Il travaillait les partitions qu'Igor laissait traîner dans les vestiaires. Le Russe n'avait plus le temps de s'occuper de lui et ne débarquait au club qu'à la dernière minute. À la fin de l'année 1942, les Japonais avaient commencé à interner les ressortissants des pays ennemis dans des camps à la périphérie de la ville. Un matin, des militaires s'étaient présentés à l'école de Shēn et avaient embarqué les missionnaires américains. Depuis ce jour, l'école était fermée. Au cours des mois suivants, les femmes et les enfants avaient, à leur tour, dû rejoindre les hommes. Les réfugiés juifs étaient obligés de vivre dans un ghetto, seuls ceux qui avaient obtenu des laissez-passer pouvaient encore sortir de la zone pour se rendre au travail. Shēn avait convaincu Roger de l'engager comme serveur : à court de main-d'œuvre, le Français s'y était résolu. Il arrivait au jeune pianiste de rester dormir au club : les lumières une fois éteintes, il s'allongeait sous le Steinway et s'endormait, enveloppé dans son ombre rassurante. Il oubliait alors les humiliations quotidiennes que lui faisaient subir les officiers qui occupaient la maison de Bubbling Well Road, les morsures du froid qui meurtrissaient ses doigts, la faim qui lui faisait tourner la tête, la mort qui rôdait à chaque coin de rue.

Ce matin-là, Shēn s'était fait réprimander par Ān qui lui reprochait de ne pas rapporter suffisamment d'argent du club et le suspectait de ne pas vraiment y travailler. Ān était sous tension, constamment sollicitée par les officiers japonais qui lui inspiraient autant de peur que de haine. Shēn avait conscience que sa tante était soumise à bien plus qu'un esclavage domestique, il aurait aimé pouvoir la protéger mais, incapable de le faire, préférait se tenir à distance. La présence de l'aveugle devant leur porte l'avait réconforté, cet homme devait masquer bien des blessures derrière ses yeux rieurs et, malgré tout, il consolait les autres en faisant glisser son archet sur les deux cordes de son instrument.

Shēn arriva au club tôt dans la matinée. L'odeur de tabac froid lui souleva l'estomac. Il alluma un seul spot, celui qui éclairait le Steinway. Roger ne cessait de pester contre le prix de l'électricité qu'il ne pourrait bientôt plus payer ; comme pour tout le reste, il comptait sur ses clients japonais pour le maintenir à flot. Sans eux, le navire aurait déjà coulé depuis longtemps, ne cessait-il de marmonner. Shēn posa, sur le lutrin, les partitions de Puccini que la soprano italienne avait laissées. Il les travailla consciencieusement jusqu'à l'arrivée de la jeune femme. Elle n'avait jamais chanté dans ce type d'établissement et était très nerveuse, elle le fut encore plus lorsqu'elle découvrit le garçon au clavier. Shēn la rassura : il n'était là que pour la répétition, un pianiste plus expérimenté l'accompagnerait en public. Il avait souvent répété ces airs de Puccini : seul au piano, il chantait dans sa tête, créant un dialogue entre deux voix dont il avait l'entière maîtrise. Face à la cantatrice, il découvrait la complexité du dialogue musical, la subtilité de l'équilibre entre l'accompagnant et l'accompagnée, la nécessité d'écouter, d'apporter tantôt de l'ombre, tantôt de la lumière, et lui qui, dans la vie, avait tant de mal à communiquer avec des mots, découvrait que la musique lui ouvrait un nouvel espace de dialogue.

Les clients arrivaient, la salle n'était qu'à moitié pleine mais l'heure du concert était déjà largement passée, et Igor n'était toujours pas là. Un colonel japonais vint voir Roger qui s'impatientait au bar et lui glissa à l'oreille qu'il valait mieux pour lui qu'il ait un pianiste de remplacement car Igor venait d'être emmené à la Bridge House. À la seule évocation de la prison, Roger blêmit : les hommes y étaient brisés par la torture.

Shēn, dans son uniforme de serveur, prit discrètement place au piano à la grande surprise de la soprano. Il lui adressa un signe de tête confiant et, forte de l'expérience de leur répétition, elle fit entrer sur scène successivement Manon, Mimi, Tosca, Turandot et Lauretta, seule manquait Madame Butterfly, bannie du répertoire par les Japonais. La réaction de la salle fut unanime et la jeune cantatrice revint plusieurs fois sur scène à la demande du public. Discrètement, Shēn quitta l'estrade pour reprendre son service. Alors qu'il se dirigeait vers le fond de la salle, un homme l'attrapa par le bras : l'adolescent, surpris, eut un premier mouvement de recul puis reconnut la silhouette menue du maestro Paci. Le chef d'orchestre glissa une carte dans sa poche et l'invita à venir chez lui dès le lendemain.

Shēn ne rentra pas dormir à la villa. Il attendit le départ de tous et s'allongea en position de fœtus sous le piano. Il serrait dans sa main la carte du maestro. Les yeux fermés, il se rappela un concert avec Mĕi au Town Hall : la sonate *Appassionata* de Beethoven qu'avait interprétée Mario Paci ce soir-là l'avait bouleversé. Il avait découvert, réunis dans un morceau, les nuages, les éclairs mais aussi les percées de lumière qui traversaient son esprit, la rage soudaine et destructrice mais aussi la perspective de calme. Shēn s'endormit avec une certitude : il jouerait cette sonate pour le maestro, cela faisait si longtemps qu'il la travaillait en secret.

Il se réveilla fourbu mais le sourire aux lèvres. Tout juste debout, il caressa les papillons gravés par Mĕi sur son piano. Il pensa alors au rêve qu'il venait de faire : assis au bord d'un lac, par une belle journée d'automne, il regardait le reflet des feuilles rousses que le vent faisait danser avec celui des nuages, deux papillons vinrent déployer leurs ailes bleutées au-dessus de l'eau, une surface calme mais mouvante, le canevas harmonieux d'une nature apaisée. Ce rêve musical était une douce symphonie, jouée par l'orchestre, au sein de laquelle émergeait le chant pur de l'erhu, deux cordes unies, vibrant ensemble pour l'éternité. Il écrirait un jour cette musique pour Mĕi en hommage à la légende des amants papillons qu'elle affectionnait au point d'en avoir gravé la silhouette sur son Steinway. Tant de fois, elle lui avait conté l'amour terrestre impossible de la délicate Zhu Yingtai et du séduisant Liang Shanbo, qui se retrouvaient dans la mort en s'envolant sous la forme de deux papillons unis pour l'éternité.

Les gargouillements de son estomac tirèrent Shēn hors de sa rêverie. Il fouilla la cuisine mais tous les restes avaient été emportés. Il n'avait pas un sou en poche et ce fut un supplice de traverser les ruelles où circulaient des odeurs de patates douces grillées, de champignons et de pâtes de haricot. Il fallut presque deux heures à Shēn pour arriver à la maison du maestro. Posté derrière la grille d'où il apercevait la maison blanche de la famille Paci, Shēn n'osait pas sonner. Il avait honte de sa tenue débraillée : ses cheveux, sa chemise, son pantalon empestaient la cigarette. Comment osait-il se présenter ainsi chez l'un des hommes les plus distingués de Shanghai ? Il s'apprêtait à partir quand le portail s'ouvrit : il se trouva nez à nez avec une jeune femme qui le dévisagea et lui demanda si elle pouvait le renseigner. Il bredouilla qu'il avait rendez-vous avec le maestro Paci. Elle le regarda à nouveau d'un air soupçonneux, puis un large sourire illumina son visage et elle lui lança :

— Bien sûr, vous devez être le jeune homme qu'il a entendu jouer hier soir au *Blue Butterfly*, vous lui avez fait grande impression et je peux vous assurer qu'il est rare que mon père fasse des compliments ! Venez, suivez-moi, je vais lui demander s'il peut vous recevoir tout de suite !

Shēn, nerveux, frottait ses mains moites sur son pantalon. Depuis l'entrée où il se tenait immobile malgré les trois teckels inquisiteurs qui faisaient la ronde autour de lui, il entendait des voix parler en italien à l'étage. Son regard balayait la pièce : les murs, tapissés de vert, étaient couverts de gravures anciennes représentant les plus grands compositeurs. L'adolescent eut l'impression que tous étaient là pour le juger, lui, l'orphelin du Sichuan : serait-il digne d'interpréter leur illustre musique ? Des portes-fenêtres séparaient le hall d'entrée du salon. Derrière leurs carreaux légèrement teintés, Shēn aperçut une silhouette familière : longue, imposante, altière, il reconnaissait chaque courbe de l'instrument, cela le mit en confiance.

Mario Paci, vêtu d'un élégant costume beige, descendit d'un pas assuré. Il adressa un sourire accueillant à Shēn, lui tapa sur l'épaule et l'invita à le suivre au salon. Un Steinway, identique à celui de Měi, occupait le centre de la pièce. Le maestro observa le regard étonné du Chinois :

— Ah, je vois que vous avez remarqué la différence. Identiques mais pas tout à fait, n'est-ce pas ? Je vais vous expliquer ce qui les distingue, jeune homme. Mon piano a été produit dans les ateliers de Hambourg, tandis que celui auquel vous êtes coutumier est un produit américain : un pied sur chaque continent, la famille Steinway a su tirer le meilleur des deux mondes, c'est ce qui fait sa force. Vous me direz votre préférence après avoir joué, allez-y, étonnez-moi !

Il s'installa sur une chaise à proximité du piano afin d'observer le doigté de Shēn. Il demeurait rarement assis durant ses leçons, préférant tourner autour de l'instrument, mais c'était devenu difficile depuis qu'il enseignait chez lui. Il avait refusé la proposition des Japonais de diriger le nouvel orchestre symphonique, cela lui avait valu de passer vingt-quatre heures à la Bridge House et d'être désormais considéré comme un ennemi du Japon. Il ne regrettait pas sa décision bien qu'il fût déchirant de quitter l'orchestre qu'il avait fondé et dirigé pendant plus de vingt ans. Depuis, il se consacrait à l'enseignement et affectionnait tout particulièrement ses élèves chinois, auprès desquels il poursuivait, tel un missionnaire, son œuvre de diffusion de la musique classique en Extrême-Orient.

Fatigué par une nuit de jeux dans une salle voisine du *Blue Butterfly*, Paci sentit qu'il lui faudrait lutter contre l'assoupissement. Le Chinois demeurait silencieux, le regard fuyant, les mains tremblantes et l'air embarrassé dans ses vêtements rapiécés ; le maestro avait horreur des amateurs. Il commençait à craindre de ne s'être laissé emporter par l'alcool et la nostalgie, éveillée par les arias de Puccini. Il s'enfonça dans son siège et ferma les yeux, il se devait au moins d'écouter l'enfant qui avait traversé toute la concession pour le voir.

Quand les premières notes de la tempétueuse sonate *Appassionata* résonnèrent, il se redressa instantanément : comment ce garçon pouvait-il avoir la hardiesse de s'attaquer à ce morceau devant lui ? Était-ce de la provocation, une volonté déplacée d'éblouir, un suicide ou bien un acte d'héroïsme ? Il n'eut pas à se poser la question très longtemps : l'enfant insignifiant occupait désormais tout l'espace, son corps chétif palpitait, traversé par une énergie prodigieuse, ses mains se déplaçaient sur le clavier avec une agilité étourdissante, nulle hésitation ne venait contrarier le courant tumultueux de la sonate ; dans ce flot, le jeune pianiste finit par disparaître et seule subsista la musique de Beethoven, sa souffrance, son déchirement, sa colère, sa persévérance et, au-delà de la suffocation insoutenable, sa foi dans la rédemption.

Le morceau achevé, Shēn n'osa pas se tourner en direction du maestro et resta inerte, les yeux fermés, le souffle haletant.

Paci finit par rompre le silence :

— Jeune homme, vous avez fait le choix d'un morceau qui ne trompe pas. Je vais vous raconter une histoire. Un soir, quand j'avais dix-huit ans, j'ai joué l'*Appassionata* pour le vicomte de Modrone à Milan. À la fin du récital, le grand Puccini est venu me féliciter et a proposé de m'aider à intégrer le conservatoire de Milan. Le jour de l'examen, je craignais que mes piètres connaissances en théorie musicale ne me disqualifient. J'ai présenté aux membres du jury la lettre de recommandation de Puccini. Ils m'ont immédiatement demandé de jouer la sonate *Appassionata*. Le jour même, j'étais admis au conservatoire. Mon cher, je ne peux pas vous ouvrir les portes du conservatoire de Milan, mais je peux vous enseigner ce que seize ans de carrière de soliste et vingt ans de direction d'orchestre m'ont appris. Je préfère vous prévenir, il faudra recommencer du début, je l'exige de tous mes élèves, même des meilleurs. J'attends un engagement total. Il faudra vous y faire, je suis connu pour mon intransigeance. Quant au prix des leçons, pour vous, ce sera gratuit : si, en son temps, l'immense Sgambati ne m'avait pas pris gratuitement sous son aile, je n'aurais jamais eu cette carrière de musicien.

* *
*

Shanghai, novembre 1945

Le cœur léger, Shēn remontait la rue du Cardinal-Mercier. Les températures se rafraîchissaient, le ciel de cette nuit automnale était clair et les étoiles semblaient y danser le ballet de la victoire. Il quittait le Lyceum Theatre où le maestro Paci avait retrouvé la tête de son orchestre pour diriger un concert célébrant la fin de la guerre. Cette soirée événement avait rassemblé tous les amoureux de la musique classique, beaucoup sortaient de plusieurs années d'internement. Shēn avait été convié par le maestro et s'était senti fier quand, à la fin de la représentation, son professeur l'avait rétribué d'un regard complice. Cela faisait plus de deux ans que l'adolescent étudiait sous la houlette de l'Italien et son admiration pour lui n'avait d'égale que sa gratitude. Son enseignement était exigeant, il fallait subir ses humeurs et ses brimades mais il savait encourager ses élèves, en les poussant à donner le meilleur d'eux-mêmes et à toujours jouer avec passion.

À quinze ans, Shēn travaillait chaque soir comme pianiste au *Blue Butterfly*. Il souffrait de son manque de sommeil et de sa sous-alimentation, sa santé était fragile et sa croissance durablement compromise. Cependant, son désir d'apprendre et de perfectionner son jeu le conduisait à repousser, toujours plus loin, ses limites. Son professeur semblait confiant quant à son avenir : dans quelques mois, il se présenterait au conservatoire de Shanghai.

Shēn se dirigeait vers la villa où il vivait seul avec Ān, qui n'était plus que l'ombre d'elle-même et accomplissait ses tâches tel un automate. Les rôles semblaient s'être inversés et Shēn se sentait désormais responsable de sa tante. Il comptait sur le retour de leurs bienfaiteurs pour qu'Ān retrouvît sa vitalité passée. Il espérait secrètement que M. et Mme Fù le soutiendraient dans sa préparation pour le conservatoire. Avec leur aide, il n'aurait peut-être plus à travailler la nuit et pourrait se consacrer à ses études. Il rêvait aussi de voir le Steinway Papillons retrouver sa place dans le salon : les affaires de Roger se portaient mal, le *Blue Butterfly* était boycotté, on lui reprochait sa proximité avec les Japonais et il ne pouvait plus compter sur le soutien des autorités françaises, qui avaient perdu le contrôle de la concession. Sans doute serait-il bientôt contraint de fermer le club et de vendre le piano. Shēn s'endormit en se rejouant la *Symphonie du Nouveau Monde* de Dvořák dans l'espérance qu'une nouvelle ère allait s'ouvrir pour la Chine.

Le lendemain matin, une lettre adressée à Měi arriva en provenance de New York. Shēn, intrigué, observa l'écriture, se demandant qui pouvait bien écrire à Měi, huit ans après sa mort. Il alla voir Ān dans l'arrière-cuisine et lui tendit l'enveloppe : elle l'attrapa d'abord avec indifférence avant de l'approcher de ses yeux fatigués. Shēn l'observait : elle blêmit, serra l'enveloppe contre son cœur et partit dans sa chambre sans un mot.

III

Le vrai toujours
Est ce qui tremble
Entre frayeur et appel,
Entre regard et silence.

François Cheng

Chapitre 7

Hong Kong, 13 février 2015

Xià se faufile entre les stands des ruelles de Wan Chai, pressée de faire ses dernières emplettes avant de rentrer à Baoji pour le Nouvel An. Elle achète des pantoufles en satin rouge, brodées de motifs dorés pour sa mère, les friandises préférées de son père, des pendeloques porte-bonheur pour ses oncles et tantes, et des peluches en forme de chèvres pour ses cousins. Une multitude de lanternes rouge et or se balancent d'une échoppe à l'autre, symboles d'espoir à l'aube de cette nouvelle année lunaire.

Elle prend ensuite le tram jusqu'à Victoria Park, transformé en un immense marché aux fleurs. La vision de ce marais printanier au cœur de la ville la ravit. Émerveillée, elle parcourt les allées de kumquats de toutes tailles, d'orchidées de toutes les couleurs, de pivoines de toutes les variétés. Elle choisit de belles branches de prunier pour Tillie et se réjouit de la surprendre avec ce cadeau. En l'espace de quatre mois, la maison de Happy Valley est devenue son havre musical et affectif. Elle s'y rend quotidiennement, en fin d'après-midi, joue au piano puis dîne avec Tillie. Xià s'étonne de ces liens tissés si simplement avec la vieille dame. Intimement, elle sait que tout cela, elle le doit à la musique.

Lors de sa deuxième visite, Xià a fait part à Tillie de son désir de travailler les *Variations Goldberg*. Elle lui a raconté comment elle les avait découvertes chez son professeur de piano à Baoji : lorsqu'elle n'enseignait pas, Mme Tsan jouait les Goldberg et Xià, enfant, restait après chaque leçon de longues minutes sur le palier, l'oreille collée à la porte, surprise que la musique se répète jour après jour sans jamais être vraiment la même. Xià a voulu, elle aussi, percer le mystère et s'est embarquée dans leur apprentissage, malheureusement ce voyage a été interrompu trop tôt. Cette confession a ému Tillie qui, à son tour, a partagé l'expérience de son frère durant la guerre dans l'église Saint-Thomas à Leipzig ; Tillie rejoint toujours Joseph lorsqu'elle écoute les *Variations*. Xià ne peut lui faire de plus beau cadeau que de les faire vivre sur son Steinway.

Les deux femmes ont instauré un rituel : Xià travaille certaines des *Variations* alors que Tillie finit sa sieste, puis la vieille dame la retrouve au salon et la pianiste joue le cycle entier. Le plus souvent, elle n'y arrive pas, Tillie l'encourage à poursuivre et quelquefois, la musique déferle : souple, délicate, légère, dansante, mélancolique, bondissante, anxieuse, profonde, tout à la fois humaine et spirituelle. La vieille dame s'enthousiasme, jamais avare de compliments.

L'envie de Xià est venue réveiller Tillie d'une torpeur qu'elle imaginait fatale. Cette ultime étincelle offre à son cœur généreux une chance de s'ouvrir et de donner à nouveau. Chaque jour, l'Américaine se raconte au fil des décennies et des continents traversés, ouvrant pour Xià, curieuse de tout, des horizons jusque-là inconnus.

Pour la jeune Chinoise dont les parents n'évoquent jamais le passé familial, ces confidences sont inédites : elles la surprennent autant qu'elles la passionnent. Dans cette maison, autour de Tillie et son piano, tout semble possible.

Xià sonne, la bonne l'accueille et la chienne Húdié lui fait une fête rétribuée par des caresses. La jeune pianiste s'étonne de trouver la porte du salon fermée, Yolanda lui explique que Tillie a de la visite et ajoute qu'elle est invitée à les rejoindre. En quatre mois, Xià n'a jamais fait de rencontre chez Tillie : cette vieillesse sans famille ni amis l'attriste, surtout pour une femme qui aime tant partager. Elle frappe, la voix sourde de la vieille dame l'invite à entrer. Tillie est assise sur le grand canapé fleuri, son élégance et sa distinction éblouissent Xià. À ses côtés se trouve un Chinois d'une cinquantaine d'années, à la carrure aussi large que son sourire ; il se lève pour saluer la jeune fille. Tillie fait les présentations :

— Xià, voici Tong Li, ce jeune homme, enfin jeune homme à l'époque, a été le tout premier boursier envoyé, par notre fondation, étudier le piano aux États-Unis, c'était il y a plus de trente ans ! Li, je te présente Xià, le rayon de soleil de cette maison. Elle est pour moi ce que Goldberg a été pour le comte Keyserling, elle me joue les *Variations* de Bach et mon cœur âgé revit, cela faisait longtemps que je n'avais pas aussi bien dormi ! Je crois que tu comprendras mieux en l'écoutant. Xià, accepterais-tu de jouer les *Variations* pour nous ?

— Vous voulez dire toutes les *Variations* ? répond Xià, inquiète que le visiteur s'impatiente à l'écouter pendant plus d'une heure.

— C'est impossible autrement, n'est-ce pas ? dit Tillie en s'adressant à Tong Li qui acquiesce avec un sourire complice.

Yolanda entre avec le plateau du thé, la chienne en profite pour se faufiler dans le salon et s'allonger aux pieds de sa maîtresse. Xià prend place au piano, soulève délicatement le couvercle : le Steinway lui sourit, il l'attendait. Elle est saisie par l'évidence de ce moment et, sans une hésitation, ses doigts se mettent au service de la musique de Bach. Son appréhension à l'approche des *Variations* les plus exigeantes s'est évanouie. Ses mains dansent sur le piano, marquent des pauses, reprennent avec élan, se chevauchent, se relayent, s'envolent pour mieux s'ancrer. Le flot musical, limpide, aérien, envahit l'espace et suspend le cours du temps.

Le silence revenu, Tillie rompt la solennité de l'instant en invitant Xià à s'asseoir à côté d'elle. La jeune pianiste, ébranlée par l'intensité de sa performance, ne réagit pas immédiatement. C'est la voix de Tong Li qui la rappelle à l'instant présent :

— Merci mademoiselle, vous nous avez offert un vrai moment de grâce. Je ne regrette qu'une chose, c'est de ne pas vous avoir enregistrée mais c'est peut-être mieux ainsi, nous conserverons le souvenir de ce moment et je suis certain que nos mémoires le déclineront en un nombre infini de variations. Tillie m'a dit que vous aviez abandonné votre formation de pianiste, vous devriez vraiment vous y remettre. Les talents comme le vôtre sont rares et je sais de quoi je parle. Je dois revenir à Hong Kong fin mars, nous allons auditionner des pianistes pour notre programme à la Juilliard. La sélection des dossiers a déjà été faite mais dans un cas comme le vôtre, nous pourrions faire une exception. Donnez-moi votre e-mail, je vous enverrai toutes les informations. Sur ce, je dois vous quitter. Chère Tillie, c'est toujours une joie immense de vous retrouver et de pouvoir vous remercier pour tout ce que vous et votre mari avez fait pour moi. Je vous reverrai ici en mars mais je vous attends toujours à New York, vous ne ressentez donc jamais l'appel du pays ?

— Il y a bien longtemps que j'ai fait mes adieux à New York mais qui sait, même à mon âge, il peut y avoir des rebondissements. Merci de votre visite, cher Li. Faites bon voyage, je suis certaine que votre famille à Guangzhou est impatiente de vous accueillir pour le Nouvel An. *Gong hei fat choy !*

Le choc provoqué par les mots du Chinois laisse Xià sans voix. Elle se sent projetée des années en arrière, à l'heure des choix. Jamais, depuis ses quatorze ans, elle n'est revenue sur sa décision de renoncer à une carrière de pianiste. Pourquoi son amie l'a-t-elle piégée avec cette audition camouflée ? Xià lui en veut d'avoir percé leur bulle de magie musicale. Elle sent la colère empourprer ses joues et obstruer sa respiration ; pour ne pas exploser, elle se lève et, sans plus d'explications, prend congé de Tillie. En sortant, elle croise Yolanda qui apporte dans le salon un grand vase en porcelaine représentant une pie perchée sur la branche d'un prunier : elle y a joliment disposé les fleurs offertes par la jeune fille.

Dehors, l'air est frais, Xià respire profondément pour se calmer. Elle marche, perdue dans ses pensées et s'interroge : pourquoi cette question d'une carrière musicale vient-elle la rattraper et la tourmenter ? Elle a tant travaillé pour obtenir sa bourse et intégrer la Hong Kong University, grâce à cela, elle trouvera un bon travail qui lui permettra de soulager ses parents, sa mère surtout qui assume seule toutes les charges familiales. Ce n'est plus le moment de faire marche arrière. Au feu, elle s'arrête : sur les parois d'un tram, Lang Lang parade au clavier d'un Steinway depuis un toit new-yorkais. Quand elle traverse, son rêve d'enfant est déjà loin. Elle refuse de blesser ses parents, plus jamais elle ne veut voir sa mère souffrir comme la veille de son dernier concours à Shanghai, le jour où elle a appris que la musique avait détruit sa famille. Ce drame sur lequel elle n'a jamais osé poser de questions pèse sur son destin comme tant d'autres ombres qu'elle doit accepter sans les comprendre.

Xià s'arrête devant un temple en forme octogonale qui semble jaillir de la roche contre laquelle il a été construit. Elle entend l'écho d'un gong frappé lentement, trois fois. Cet appel la touche au cœur. Elle entre, la salle est déserte. Une multitude de lampes en forme de fleurs de lotus éclairent la pièce obscure. Au centre, sous un dais de satin rouge, trône une statue de la déesse de la miséricorde, Guan Yin, assise en position de lotus : son visage doré n'est que compassion. Xià l'observe, subjuguée par sa sérénité. Elle prend trois bâtons d'encens, les fait tourner trois fois et les dépose avec ses prières dans le brûle-encens de cuivre devant la divinité. Elle s'apprête à partir quand une voix masculine la rappelle :

— Vous ne voulez pas une prédiction de Guan Yin ? C'est de bon augure à la veille du Nouvel An ! Venez, pour une fois qu'il n'y a personne, regardez, les baguettes de divination sont prêtes pour vous.

Xià réfléchit. Elle ne croit pas aux oracles mais dans ce moment de solitude, alors qu'elle ne sait pas à qui demander conseil, elle accepte de s'en remettre à la déesse. Elle saisit le cylindre contenant les tiges de bambou et le fait tourner autour du brûle-encens. Elle se prosterne devant Guan Yin, le cylindre entre ses paumes, et formule sa question :

— Ai-je raison de poursuivre mes études dans la finance pour le bonheur de mes parents ?

Elle secoue le cylindre et le fait légèrement pencher vers le bas : trois tiges en tombent. Elle répète le geste plusieurs fois jusqu'à ce qu'une baguette seulement s'échappe : celle qui sort est numérotée du chiffre 9. Afin de s'assurer que cette réponse est bien la bonne, l'officiant lui tend deux blocs oraculaires en forme de demi-lunes. Xià les purifie en les tournant au-dessus de l'encens puis les lance. Ils tombent chacun sur une face différente, la réponse est donc confirmée. Elle reçoit alors l'oracle correspondant au chiffre 9 :

Pourquoi laisser la haine et l'avidité vous tourmenter ?
Tout comme la pleine lune illumine le chemin du voyageur,
Votre conscience peut également guider votre vie.
Que votre cœur soit comme cette lune : plein, brillant et clair.

La jeune fille rend le papier à l'officiant afin qu'il puisse lui donner son interprétation : elle doit gagner en confiance dans son propre jugement, faire la part entre le bien et le mal, alors son cœur la guidera sur la voie du succès, en harmonie avec sa famille et le monde ; la pleine lune doit lui donner espoir. Il lui propose ensuite de lui lire les lignes de la main mais elle refuse, fait une offrande et retourne dans la rue, toujours aussi perdue. Si seulement Guan Yin avait pu lui murmurer au creux de l'oreille :

— Allez, tente ta chance, présente-toi à cette audition, la Juilliard t'attend, tes parents seront si fiers de toi !

Encore un rêve...

Son téléphone vibre : c'est un message de Yolanda. Elle lui demande quand elle passera chercher les paquets qu'elle a oubliés. Xià réalise qu'elle a laissé tous les cadeaux pour sa famille chez Tillie ; elle doit y retourner, son avion part tôt demain. Elle revient sur ses pas, sonne chez la vieille dame, refuse l'invitation à entrer de Yolanda, attrape ses sacs et s'évanouit dans une *back alley*.

Depuis le salon, Tillie demande qui vient de sonner. Quand elle apprend que c'était Xià, elle regrette de ne pas avoir parlé avec la jeune femme de cette opportunité de postuler à la Juilliard. Depuis qu'elles se sont rencontrées, Tillie a l'intuition que Xià est extraordinairement douée et qu'elle doit reprendre sa formation musicale. Elle voulait malgré tout avoir un autre avis avant d'aborder le sujet avec elle. La réaction enthousiaste de Tong Li ne l'a pas surprise, Xià est une exception musicale : son jeu virtuose émeut par sa sincérité et son humilité, son entière dévotion à la musique. Tillie repense au souhait qu'elle avait émis enfant de toujours être au service des immortels. Elle sourit à l'idée qu'avec son Steinway elle poursuit sa mission. Elle fera tout pour convaincre la pianiste de faire le bon choix.

Tillie regarde les délicates branches de prunier, offertes par sa jeune amie : elles portent des grappes de fleurs roses et de nombreux bourgeons. Elle souhaite les voir éclore, tout comme Xià. Après, elle pourra partir.

Chapitre 8

Extraits du journal de Tillie

New York, 7 janvier 1955

Il est tard, je devrais dormir mais cette soirée a été si intense et si belle que je ne veux pas me coucher sans en préserver le souvenir, écrire pour m'assurer que je pourrai toujours revenir vers ce carnet et me rappeler que ces moments ont existé, que je ne les ai pas inventés ou transformés, qu'ils m'ont changée à jamais.

Pourtant, la soirée a mal commencé. Malgré mes précautions, je me suis pris les talons dans la moquette mitée et me suis étalée de tout mon long dans le couloir. De quoi pouvais-je bien avoir l'air par terre dans ma plus belle robe du soir ? J'ai regardé autour de moi et le spectacle des murs brunis par les fuites d'eau, de la peinture écaillée et des fils électriques qui pendaient dangereusement m'a affligée. Cela va bientôt faire dix ans que j'ai emménagé dans l'ancien studio de ma grand-mère à Carnegie Hall, dix ans que j'observe la dégradation des lieux, malheureusement, nos réclamations auprès du gérant de l'immeuble ont aussi peu de poids dans ses décisions que nos maigres loyers. J'ai bougé mes chevilles, mes poignets, plus de peur que de mal. Il ne me restait plus qu'à me relever et vérifier que ma robe n'avait pas souffert dans ma chute. Personne ne m'avait vue, l'honneur était sauf. J'ai retiré mes chaussures et c'est pieds nus que je suis arrivée devant la porte de Mary-Jane.

À chaque fois que je me rends chez elle, je ne peux pas m'empêcher de penser que ce n'est pas un hasard si nos chemins se sont à nouveau croisés ici, sous ce toit ; notre première rencontre n'était qu'un prélude. Ce soir, alors que j'écris ces mots, j'en suis plus que jamais convaincue !

*Depuis le couloir, je l'ai entendue chanter l'*Ave Maria *de Schubert. Discrètement, pour ne pas l'interrompre, j'ai poussé la porte. La pièce était mal éclairée, le sol jonché de partitions, de livres, de tasses, de verres et de bouteilles ; sur le lit, des robes, jetées négligemment, trahissaient de nombreuses hésitations. Au milieu de ce chaos, Mary-Jane rayonnait au piano dans une robe de satin rouge qui soulignait sa silhouette généreuse et révélait, par son décolleté dans le dos, la souplesse de sa musculature ainsi que sa peau lisse, couleur d'ébène. Ses cheveux remontés en chignon mettaient en valeur sa nuque altière, penchée sur le clavier. Sur la pointe des pieds, je me suis approchée, j'ai posé ma main sur son épaule accueillante, elle a frémi sans que cela n'altère son chant, alors j'ai mêlé ma voix à la sienne. Ensemble, nous avons porté notre supplique à la Vierge. Nous étions émues pour des raisons différentes mais, dans leurs prières respectives, nos âmes se sont rencontrées et nous les avons laissées poursuivre leur dialogue en accueillant le silence. Puis Mary-Jane a saisi ma main et l'a embrassée avant de rire chaudement. Elle ne voulait surtout pas que ce jour soit triste, nous devions nous réjouir et ne pas être en retard pour cet événement. À sa demande, je lui ai tendu son chapeau, un ravissant bibi noir, orné de plumes. C'est avec un pincement au cœur que je l'ai observée rabattre* *la voilette sur son visage meurtri. L'espace d'un instant, j'ai revu ses traits d'avant l'attaque, ceux qui m'avaient subjuguée le soir de notre rencontre au Steinway Hall.*

Nous avons ensuite pris un taxi pour le Metropolitan Opera House. Mary-Jane avait choisi des places centrales pour ne rien manquer de cette représentation historique. Elle était nerveuse et ne cessait de monter et baisser sa voilette. Je lui ai alors pris la main et l'ai remerciée de m'avoir choisie pour l'accompagner, j'étais sincèrement émue d'être à ses côtés alors que, pour la première fois, une artiste lyrique de couleur allait se produire sur cette scène prestigieuse. C'était son rêve de jeunesse qu'une autre allait enfin réaliser ce soir.

Les lumières se sont éteintes, les applaudissements ont retenti, Dimitri Mitropoulos a fait son entrée et salué le public avec son orchestre. Quand Marian Anderson est apparue sur scène, les cheveux défaits et le regard hagard, dans les vêtements de la sorcière Ulrica, le public a applaudi et, son balai tenu nerveusement entre les mains, elle a dû attendre le retour au calme pour chanter son rôle. Sa voix sombre et mystérieuse dont les tonalités graves se muaient comme par enchantement en des aiguës triomphales nous a envoûtés tout au long de l'opéra de Verdi. Le rideau final tombé, la salle est restée silencieuse. Quand la contre-alto est revenue saluer avec les autres chanteurs, l'audience s'est levée et nous avons scandé son nom dans un élan commun d'admiration et de gratitude. Il y a eu huit rappels : comme si nous tous dans le public nous avions voulu nous saisir de cet instant avant de le laisser entrer dans l'histoire.

Derrière la voilette de Mary-Jane, j'ai contemplé le plus beau des sourires. Il faisait oublier la cicatrice qui balafre désormais sa joue. Plus que jamais, c'est avec admiration que j'ai regardé mon amie dont la résilience, la persévérance et la générosité sont une si grande source d'inspiration. Dans un élan spontané, je lui ai dit à quel point j'aimerais à nouveau l'entendre chanter en public, elle ne pouvait continuer à donner raison à ceux qui l'avaient violentée, elle était plus forte que ces haines raciales. Je m'en suis immédiatement voulu, je sais tout ce qui lui en a coûté de renoncer à la scène, pourquoi venir raviver ces blessures. Tout d'abord, elle n'a rien dit puis, avec un calme qui m'a stupéfiée, m'a expliqué qu'elle n'avait aucun regret, qu'elle avait eu sa part de lumière et de reconnaissance ainsi que le bonheur de communiquer le feu qui brûlait en elle. Elle avait éprouvé la colère, suivie d'un profond désespoir jusqu'à ce qu'elle découvre une joie encore plus grande en composant ses musiques, en arrangeant celles des autres, en enseignant son art, en guidant de jeunes talents. Elle était convaincue que son vrai rôle était là.

De retour dans la rue, nous avons été saisies par le froid. Les premiers flocons de neige donnaient à la nuit des airs de fête. Nous avons pris un taxi pour le Birdland où se produisait Duke Ellington, accompagné de sa garde rapprochée. Mary-Jane a disparu à la suite de l'un de ses amis musiciens. Je suis allée l'attendre au bar. Sur scène, Paul Gonsalves menait d'entraînants solos au saxophone et électrisait la salle avec des envolées rythmiques à couper le souffle. J'étais absorbée dans mes pensées, et cela a été une surprise d'entendre Duke Ellington inviter Mary-Jane Jones. Je m'attendais à la voir prendre place au piano ; aussi, quand Duke est retourné derrière le clavier et qu'elle s'est dirigée vers le micro, mon cœur s'est emballé. Les premiers accords ont annoncé le thème langoureux de Summertime, *une mélodie lointaine et tendre, chargée de la moiteur du Sud. J'ai fermé les yeux et me suis laissée porter par sa voix chaude. J'ai pensé aux berceuses que je chantais à Joseph, à la complicité qui nous unissait malgré nos différences, à notre harmonie subtile et riche, aux rêves que nous nous étions promis de poursuivre. J'ai levé mes yeux embués et croisé le regard de Mary-Jane alors qu'elle chantait :*

One of these mornings you're gonna rise up singing
And you'll spread your wings and you'll take to the sky.

Cela fait dix ans que Joseph est mort en Allemagne, qu'il a déployé ses ailes pour rejoindre le ciel, laissant derrière lui tant de rêves inaboutis. Quant à moi, qu'ai-je fait de mes rêves ? Moi qui ai toujours voulu chanter mais pourquoi chanter sans talent, pourquoi ce désir malgré tout si brûlant ? Pourquoi aller ajouter ma voix à d'autres bien plus belles ? Pour continuer à te parler, mon Joseph, ça je le sais. Pour être avec ceux qui me manquent. Pour puiser dans le cœur de mon être ce que j'ai de meilleur à donner. Pour m'approcher au plus près de ma vérité et ainsi communier avec d'autres vérités. Comme à la mort de Grandpa, quand ma voix est devenue celle de Frieda. Ce mystère-là, je sens que mon chant peut le porter. Mais tout cela est si intime, pourquoi prétendre l'élargir à un public ?

Je l'ai dit à Mary-Jane le jour où je lui ai demandé de m'enseigner le chant, je souhaitais travailler ma voix, juste pour moi et pour mon frère, pour me rapprocher de lui, pour que, où qu'il soit, il ne se sente jamais seul, et moi non plus. Mary-Jane me répète souvent que Joseph m'entendrait mieux si je chantais sur scène, si je laissais ma voix faire écho dans d'autres cœurs blessés. Cette invitation à chanter pour les autres, j'ai compris que mon amie était montée sur scène pour me la renouveler. Pour la première fois, je l'ai acceptée.

Saluée par les applaudissements, Mary-Jane a remercié le public et lui a demandé de m'accueillir chaleureusement pour mes débuts new-yorkais. Duke lui a laissé sa place au piano. Je me suis levée, mon cœur tambourinait et mes joues étaient en feu. Pour oublier toutes les paires d'yeux braquées sur moi, je ne regardais que mon amie me tendre la main alors qu'elle annonçait qu'en hommage à Duke Ellington, nous interpréterions Mood Indigo. *J'ai fermé les yeux, porté mes lèvres au micro, fait remonter toute ma peine pour enfin la libérer et partager le poids de ma solitude. Je ne faisais plus semblant et, dans l'écoute silencieuse de la salle, j'ai trouvé une consolation inattendue. Encouragée par les applaudissements du public, j'ai interprété d'autres chansons, toujours avec la même sincérité.*

Quand nous sommes sorties du club, Broadway était couvert d'une fine couche de neige. Impossible de trouver un taxi, nous avons remonté la 7e, serrées l'une contre l'autre pour nous tenir chaud, en prenant soin de ne pas glisser sur la chaussée givrée. J'étais si émue, animée par un sentiment de joie jusqu'alors inconnu et qui brûle encore en moi alors que j'écris ces lignes. Quels mots trouver pour exprimer ma gratitude à cette amie qui ose non seulement poursuivre ses rêves mais qui invite si généreusement les autres à rêver avec elle ?

Mary-Jane a pointé son doigt vers le ciel, les nuages dansaient autour d'un croissant de lune aussi fin que lumineux. « Le sourire de la lune », m'a-t-elle soufflé avant de fredonner l'incantation de Norma. *Impossible de retenir mes larmes. Nous nous sommes quittées sur le palier, Mary-Jane a posé un baiser sur mon front et, alors qu'elle marchait déjà vers son studio, m'a offert ces mots qui ne me quitteront plus : « Je suis si fière de toi... »*

Merci, chère Mary-Jane, grâce à toi, j'ai eu l'impression de renaître ce soir.

* *
*

New York, 17 janvier 1955

Ai-je vraiment écrit ces mots le soir de ta mort ? Tu quittais ce monde, je chantais.

Et maintenant je sais pourquoi le téléphone sonnait. Cette sonnerie en pleine nuit qui venait perturber mon rêve éveillé, je l'ai ignorée.

Ce matin-là, je n'ai pas entendu mon réveil. Je suis arrivée en retard au travail, le cœur encore léger, portée par un élan de vie si vibrant. J'aurais pu serrer le portier dans mes bras ! Mais lui m'a accueillie avec un visage grave et des mots de condoléances incompréhensibles. À mon passage sous la rotonde, tout le monde s'est tu et m'a regardée l'air peiné. Je me souviens avoir baissé les yeux, accéléré le pas jusqu'à l'ascenseur et m'y être précipitée sans tourner les talons. L'ascension des trois étages m'a semblé interminable. Sur le palier, j'ai été accueillie par la secrétaire de notre département, en pleurs. Elle n'a pas eu le temps de parler, déjà mon patron se dirigeait vers moi, les yeux rougis, il paraissait surpris de me voir. Il s'est lancé dans une tirade confuse, des balbutiements, entrecoupés de sanglots. Il a parlé de tragédie, d'un accident qu'ils auraient pu éviter si lui et Horowitz n'avaient pas laissé mon père partir seul. Après l'enregistrement, ils avaient trinqué à la vodka, s'étaient remémoré des souvenirs avec Rachmaninov, avaient plaisanté puis s'étaient mis à parler en russe et mon père s'était éclipsé pour ne pas déranger... Il ne l'avait appris que ce matin, ma mère les avait prévenus, mais d'ailleurs pourquoi étais-je venue ?

C'est notre secrétaire qui s'est rendu compte la première que je n'étais pas au courant de l'accident mortel dont mon père avait été victime durant la nuit. Elle a pris ma main, m'a conduite à une chaise et m'a expliqué qu'en sortant de chez Horowitz, mon père avait traversé Park Avenue sans voir venir une voiture qui roulait à vive allure et elle l'avait percuté de plein fouet. Les secours avaient tenté de le ranimer mais le temps d'arriver à l'hôpital, il avait déjà succombé à ses blessures. Je devais absolument joindre ma mère.

Évoquer ce souvenir aujourd'hui fait remonter la nausée qui me gagnait alors que je prenais conscience du drame. Cela ne cesse de revenir me hanter : des bruits de la nuit qui résonnent dans ma tête, des images qui s'entrechoquent en flashs rapides, puis soudain tout qui se fige, la rue silencieuse, la neige qui absorbe les sons et, sur la chaussée immaculée, le corps inanimé de Pa. Et moi qui chante.

Je suis retournée travailler aujourd'hui. À la demande de Ma, je suis descendue au Basement pour réunir les effets personnels de mon père. Dans son petit atelier, rien n'a été touché. Je me suis assise à son bureau et j'ai observé ses objets. Il y avait des photos de famille ainsi que de lui en compagnie des grands pianistes dont il avait été l'accordeur. J'ai aussi trouvé la boîte à musique en forme de piano, celle d'Opa. Au mur, juste au-dessus, il y avait deux ravissants papillons bleus, fixés sous verre. J'ai ouvert le tiroir avec le sentiment coupable de violer son intimité. En sortant les documents qui s'y trouvaient, j'ai fait tomber un papier manuscrit de sa main, daté du 1er janvier 1955 :

Bientôt dix ans que j'attends un signe de toi,
Mon beau papillon,
M'aurais-tu oublié pour toujours ?
Je doute
Te retrouverai-je un jour ?
N'aurais-je toujours vécu que dans l'illusion de notre lien éternel… ?

Dix ans depuis la mort de Joseph, dix années interminables. Pa était donc, lui aussi, inconsolable. Je passe mon temps à guetter des signes de mon jumeau, tout ce qui me permet de croire qu'au-delà de la mort, nos âmes sœurs poursuivent leur dialogue. Certains jours, c'est une évidence tant la présence de Joseph est palpable. D'autres, il n'y a que le vide, cette solitude insoutenable et le désespoir de ne jamais retrouver une telle proximité de cœur. Et maintenant, comment continuer à communiquer avec Pa ?

*Assise dans cet atelier sombre, j'ai pensé à l'*Adagio *de Bach, celui qu'il a joué jour après jour, année après année, avec une constance fidèle, telle une promesse faite à la vie de ne jamais renoncer, de toujours avancer quoi qu'il advienne. Je tiendrai la même promesse pour lui dont j'ai tant reçu.*

*Je me suis dirigée vers la salle des pianos pour jouer l'*Adagio *; je n'avais pas encore passé le pas de la porte que la boîte à musique s'est mise à jouer la* Wiegenlied *de Brahms, j'ai fredonné les paroles en allemand et m'est revenu le souvenir de Ma jouant la berceuse au piano,*

Joseph au violoncelle tandis que je chantais. J'avais oublié ces moments où elle m'encourageait à chanter. Était-elle fière de moi à cet âge-là ? Pourquoi tout a changé après ? Je n'ai jamais été celle qu'elle espérait, dès que j'ai commencé à sortir du rang auquel elle m'avait assignée, elle m'a dénigrée. Comme j'ai envié le regard fier dont elle couvait Joseph ! Même ses élèves recevaient plus d'encouragements que moi. Elle n'a jamais cru en moi, je ne serai jamais une musicienne accomplie, en cela je représente un échec pour elle. Mais peut-être a-t-elle raison, après tout, je suis bien trop vaniteuse et frivole. Ma place n'a jamais été en première ligne avec les musiciens. Rester dans l'ombre… Cela n'a-t-il pas été le destin de ma famille de génération en génération ? Pourquoi vouloir autre chose ?

Nous ne sommes plus que toutes les deux. Je dois faire de mon mieux.

Renoncer à mes rêves.

En quittant le bureau de Pa avec ses affaires, la boîte à musique que j'avais placée sur le dessus s'est remise à jouer la mélodie de mon enfance, couvercle fermé, sans avoir été remontée. Peut-être était-ce là le message d'Opa et de Pa : suivre leur exemple, servir la musique avec humilité.

* *
*

New York, 25 septembre 1960

Dans trois semaines, je serai partie. Dans trois semaines, je serai partie. L'écrire à l'infini. Ne surtout pas changer d'avis.

Je ne sais pas s'il est écrit quelque part que notre entente ne pourra jamais durer... Pourtant j'ai eu envie d'y croire, ces dernières années. Lorsqu'il y a cinq ans, nous avons appris la destruction imminente de Carnegie Hall, nous nous sommes mobilisées toutes les deux. Dans notre révolte, nous nous sommes unies. Pour Ma, comme pour moi, la disparition de ce lieu était inacceptable. L'Amérique ne pouvait pas anéantir d'un coup de pioche la mémoire de son histoire de la musique. Et nous deux, nous ne pouvions pas assister passivement à la disparition de ce lieu de mémoire familiale. La construction du Lincoln Center ne pouvait pas se faire à ce prix-là ! Notre comité a bataillé plusieurs années, sans succès.

Quand, il y a quelques mois, j'ai reçu un avis d'expulsion du studio et que les ouvriers ont commencé à marquer les fenêtres de croix blanches, j'ai bien cru voir tout mon univers s'effondrer et peut-être que c'est ce choc-là qui m'a réveillée et obligée à prendre de la distance avec cette vie si établie que je mène depuis vingt-deux ans. Vingt-deux ans que je me rends quotidiennement au Steinway Hall, plus de la moitié de ma vie dévouée à cette entreprise. N'était-il pas temps d'élargir mes horizons, avant qu'il ne soit trop tard ? J'ai repensé à la jeune fille que j'étais à dix-huit ans, celle qui rêvait de voyages et de chansons, et qui espérait gagner sa liberté en travaillant chez Steinway. Enchaînée, voilà comment j'étais.

C'est Mary-Jane, oui toujours Mary-Jane, qui m'a mise sur cette piste. Depuis la Nouvelle-Orléans où elle est retournée vivre auprès de sa famille, elle m'écrit et m'encourage toujours à chanter. Elle, elle n'a pas renoncé. Mon rêve, elle a continué à le porter. Depuis cinq ans, je refuse pourtant toutes les opportunités dont elle me fait part. Jusqu'à celle-là, celle d'embarquer comme pianiste et chanteuse pour des traversées transatlantiques. Je me suis rendue aux auditions sans y croire, encore aujourd'hui je me demande qui sera le premier à débusquer l'imposteur. Ma mère, cela je m'en doutais. Mais pour une fois cela ne m'empêchera pas de tenter ma chance.

Ce soir, nous sommes allées toutes les deux au concert de réouverture de Carnegie Hall. Un miracle inespéré que nous devons à Isaac Stern. Grâce à sa détermination et à son influence, il est parvenu en quelques mois de négociations politiques à sauver le bâtiment. Nous étions émues en entrant dans la salle qui, après les travaux de rénovation de l'été, a retrouvé tout son lustre : les murs ont été repeints en blanc, toutes les dorures ont été rafraîchies et les sièges couverts d'un nouveau velours rouge vif.

Isaac Stern a reçu une ovation du public à la hauteur du prodige accompli. L'émotion était lisible sur son visage et, dans ses yeux, brillait le reflet des larmes versées par une audience viscéralement attachée à cette salle de concert. En le voyant sur scène aux côtés de Léonard Bernstein, tous deux dans leur quarantaine triomphante, jeunes, célèbres et musiciens accomplis, je sais que Ma et moi avons partagé les mêmes pensées pour notre Joseph : il aurait aujourd'hui le même âge qu'eux... Jamais il ne jouera sur la scène de Carnegie Hall, l'Amérique ne connaîtra pas le son de l'un de ses meilleurs violoncellistes. Nous n'entendrons plus la tendre caresse de son archet sur les cordes, cette tonalité intense et pure, cette harmonie si juste, l'écho parfait d'une âme si belle ! Nous ne nous sommes pas parlé ni même touchées mais nos émotions étaient les mêmes, je le sentais aussi fort que ma peine. Le Concerto pour violon *de Beethoven nous a consolées : bercées par sa poésie joyeuse, nous nous sommes laissées emporter par le flot de nos souvenirs heureux, abrités dans l'enceinte de ce bâtiment. Les applaudissements de fin nous ont rappelées au présent, nous y étions toutes les deux en harmonie.*

Dans le foyer, nous avons rencontré Fritz Steinway. Il est venu nous saluer et aussitôt m'a exprimé son regret de me voir quitter l'entreprise ; il avait espéré que j'accompagnerais les nouveaux pianistes de jazz auxquels Steinway s'intéressait de plus près. Au fur et à mesure de cette conversation, je voyais le visage de ma mère se défaire, ne comprenant pas de quoi il en relevait. Je l'ai invitée à monter avec moi dans le studio pour lui expliquer. Portée par notre proximité de la soirée, je me suis ouverte, lui livrant ce qui pesait sur mon cœur, lui annonçant aussi mon départ prochain. Elle est restée silencieuse, mes confessions l'avaient visiblement mise mal à l'aise, mon annonce, laissée perplexe. J'ai vu beaucoup d'émotions contradictoires se profiler sur son visage. Allait-elle enfin lâcher prise ? Allions-nous avoir cette explication à cœur ouvert, attendue depuis tant d'années ?

Comment ai-je pu être si naïve ?

Ma s'est levée, a ajusté les plis de sa jupe, lissé les cheveux qui dépassaient de son chignon, raclé sa gorge puis planté son regard froid dans le mien pour me dire ces paroles que j'espérais ne pas entendre : elle ne comprenait pas ce projet saugrenu, cette décision intempestive de quitter une carrière respectable pour aller jouer les saltimbanques sur les océans. Quel type d'entreprise pouvait bien embaucher des amateurs plutôt que des musiciens ? M'avait-on choisie parce que j'étais jolie ? C'était une mascarade et il n'y avait que moi, avec mes prétentions, pour croire que cette aventure aurait un quelconque avenir. Je tomberai de haut, elle en était certaine. Elle s'est ensuite tue, m'a regardée avec insistance puis a conclu qu'elle se doutait bien que ce n'était pas la peine d'essayer de me dissuader, que je n'avais jamais eu besoin d'elle pour me décider. Avant de partir, elle s'est retournée et m'a lancé qu'elle m'attendrait, seule à New York, pour me récupérer en miettes quand je me serai rendu compte de mon erreur.

C'était il y a quelques heures, ma main en tremble encore. Et je ne sais pas si j'arrêterai un jour de pleurer. Ce que je sais, c'est que je partirai et que les mots qui m'accompagneront ne seront pas les siens mais ceux de la dernière lettre de Mary-Jane.

Ne doute jamais de tes talents de musicienne, ils sont ancrés en toi. Ta sensibilité musicale t'a mise à l'écoute des autres, a développé chez toi un élan de curiosité qui s'affranchit des barrières des genres et des races. Je connais ton âme, elle est sensible, pure et sincère, ne la trahis pas, c'est elle qui te donnera de vivre les seules expériences de vérité qui valent la peine. Tu souffriras encore mais tu vivras ! Aie confiance en toi, écoute ton instinct, ne renonce jamais, fais toujours le choix de la sincérité, elle est ta vérité !

Chère Mary-Jane, notre rencontre m'a permis de renaître, c'est désormais une certitude. Et cette fois-ci, je ne ferai pas marche arrière.

Chapitre 9

Shanghai, août 1946

Ān tambourinait à la porte de l'ancienne chambre de Měi dans laquelle Shēn s'était reclus depuis son échec à l'examen d'entrée au conservatoire. Cela faisait désormais plus d'un mois qu'il n'en était pas sorti. Elle lui déposait, chaque jour, un bol de nouilles devant la porte et le récupérait, vide, le lendemain. Ān avait tenté de lui couper les vivres pour l'obliger à sortir mais son stratagème avait échoué et, de peur qu'il ne se laissât mourir de faim, s'était résolue à lui monter un repas quotidien. Le temps était pourtant compté : le bateau du docteur Xiè ne tarderait pas à arriver de Hong Kong et, bientôt, le jeune veuf s'installerait avec son bébé dans la maison que son parrain, M. Fù, ayant lui-même renoncé à rentrer à Shanghai, avait mis à sa disposition. Elle devait convaincre Shēn de reprendre sa place dans le quartier des domestiques, sous peine de se voir expulser de la maison de la famille Fù.

Shēn feignait de ne pas entendre et laissait le gramophone couvrir les appels de sa tante. Pour lui, désormais, l'univers était clos par les murs de cette chambre et sa vie, confinée dans son corps convulsif. Seule son âme cherchait encore une fenêtre d'évasion dans la musique. Il avait pour seuls compagnons le phonographe de Měi, un enregistrement de la *Symphonie n° 5* de Beethoven, l'erhu de l'aveugle disparu et son papier à musique qu'il noircissait jour et nuit. Le silence était une toile sur laquelle se dessinaient les arabesques multicolores des pigeons musiciens de son enfance, s'évaporaient les volutes argentées des voix féminines célébrant la lune, s'imprimait en rouge l'estampille rythmée des percussions des rites nuptiaux et funéraires, s'esquissait le trait d'encre fragile d'un erhu solitaire, perdu sur une route de poussière et se dévoilait, peu à peu, le miracle d'une symphonie. Cette harmonie lumineuse venait sauver l'humanité de l'abîme. Absorbé par cette révélation, happé par l'énergie créative, Shēn oubliait son désespoir.

Chaque nuit, son sommeil troublé le ramenait à ses échecs, à son impuissance et à sa solitude. Au cœur de la nuit, il revivait l'humiliation de son audition : la perte subite de ses moyens devant le jury, l'accélération incontrôlable de son rythme cardiaque, la paralysie de ses doigts et son silence honteux. Il avait perdu la face et son entrée au conservatoire. Shēn avait trahi la confiance du maestro Paci, tout comme celle de Měi, le jour de sa visite chez le professeur Xi. L'ombre de la honte se faisait alors plus épaisse que la nuit et, dans ces ténèbres, l'angoisse venait le saisir à la gorge tel un nœud coulant qui se resserrait sur son existence. Shēn se sentait attiré par les eaux boueuses du Huangpu et se voyait avancer dans la brume qui recouvrait le fleuve : petit à petit, sa silhouette y disparaissait et, entre l'eau et les nuages, ne circulait plus qu'un souffle libre.

Ān était toujours à la porte. Cette fois, elle semblait déterminée à rester. Sous le martèlement du thème de la *Symphonie n° 5*, Shēn entendit les mots de sa tante :

— Shēn, un jeune t'attend dans un pousse-pousse en bas, il dit qu'il est venu te chercher pour aller à l'enterrement de l'Italien. Ton professeur, il est mort d'une attaque, il y a deux jours. Tous ses élèves seront là. Il dit que c'est sa fille qui a demandé qu'on vienne te chercher.

Ces paroles atteignirent Shēn en plein cœur. Il souleva l'aiguille du phonographe, le silence le foudroya. Le sol, couvert des innombrables portées de notes qui l'avaient maintenu à la surface ces dernières semaines, se mit à vaciller. D'un pas tremblant, il se dirigea vers la porte, y posa son oreille, entendit la respiration haletante de sa tante et se laissa glisser à terre. Il n'irait pas au cimetière.

Les pas d'Ān s'éloignèrent et la maison redevint silencieuse. Shēn demeura prostré à même le sol. Son cœur se mit à battre plus lentement, au rythme de la marche funèbre de la *Sonate n° 12* de Beethoven, travaillée avec Paci. Il ressentit alors l'urgence de jouer cette musique pour communier avec son maître au-delà de la mort. Shēn pensa au Steinway de Mĕi, délaissé depuis plus d'un mois, il lui manquait.

L'adolescent sortit de la maison en courant. Il devait arriver au *Blue Butterfly* avant les clients. Miraculeusement, il parvint à monter dans l'un des rares tramways qui circulait sur Bubbling Well Road. Il était plein, Shēn dut rester en suspension sur le marchepied. Après ces semaines d'enfermement, tous ses sens étaient en éveil face au spectacle bouillonnant de la ville. Voitures et pousse-pousse se disputaient la place sur la chaussée dans un concert de klaxons et de jurons. L'atmosphère était moite, chargée d'odeurs nauséabondes d'ordures, d'urine et de misère. Aux portes des élégants magasins de la rue de Nankin, des réfugiés fuyant la guerre civile demandaient l'aumône. Sur cette scène de honte flottait le drapeau au fier soleil blanc du Kuomintang. L'euphorie de la défaite japonaise semblait bien lointaine, les luttes intestines entre nationalistes et communistes avaient repris : Shanghai était à nouveau en sursis. Shēn n'avait jamais rien connu d'autre que ce sentiment de vivre au bord du précipice et partageait le désespoir des déracinés qui erraient dans la ville. Les privilèges auxquels il avait eu accès en vivant chez la famille Fù ne lui rendaient que plus intolérables les injustices subies par les masses.

Arrivé à proximité du club, il sauta d'un bond sur le trottoir. Ses jambes chancelantes eurent du mal à le réceptionner. Sa tête tournait. Son estomac grondait. Son cœur pleurait la perte de son professeur. Ses épaules se courbaient sous le poids de la fatalité. Il peinait à se frayer un chemin entre les vendeurs de rue, les GI en permission et les jeunes femmes aguicheuses dont les charmes n'attendaient plus la nuit pour séduire en pleine rue. De loin, il aperçut l'enseigne du *Blue Butterfly* et accéléra le pas, pressé de quitter la rue, pour le seul tête-à-tête qui pourrait le consoler. Remarquant la présence d'un soldat nationaliste devant le club, il traversa et constata que la porte était condamnée par des briques. L'homme qui tenait la boutique de tabac en face du club reconnut Shēn et le tira dans son magasin. Il lui dit :

— Je te connais, tu es le pianiste prodige du Français. Je te déconseille de traîner par ici. Il y a des espions partout. Depuis qu'ils ont arrêté des communistes dans le club, ils sont aux aguets. Tu n'es pas au courant ? Où étais-tu ces dernières semaines ? Tu ne sais pas qu'ils ont forcé ton patron à fermer et qu'ils lui ont donné une semaine pour déguerpir ? Oh, ça lui pendait au nez, c'est d'ailleurs étonnant qu'il n'ait pas été mis à la porte plus tôt, avec tout le fric qu'il s'est fait grâce à ses copains japonais. Visiblement, le Kuomintang s'est assuré de lui vider les poches avant de le mettre sur un bateau ! Le seul bien qu'il ait réussi à sauver, c'est son piano. Ah ça, il y tenait ! Si tu avais vu la scène qu'il a faite pour les convaincre de l'emporter. À mon avis, il a balancé des noms et pas n'importe lesquels pour obtenir de partir avec. C'est pas rien de transporter un engin pareil ! Pas le genre de cadeau que la clique de Chiang Kai-shek soit prête à faire gracieusement !

Pour la deuxième fois de la journée, Shēn se sentit défaillir. Dorénavant, il ne lui restait plus aucun lien auquel se rattacher. Il était condamné à être seul, la joie salvatrice révélée par la musique n'existait pas en ce monde, pourquoi continuer à vivre dans le désespoir quand il avait reçu la promesse d'un au-delà meilleur ? Fuir son corps, libérer son âme, cela ne faisait-il pas déjà des semaines qu'il s'y préparait ? Sa vision se troubla et prit les teintes brunâtres du Huangpu. Le rêve qui hantait ses nuits lui apparut comme l'unique issue possible.

Sans un mot pour le commerçant, il sortit dans la rue et, le regard perdu dans le vide, prit la direction du Bund. Bousculé, malmené par des passants furieux de son inattention, il continua sa marche jusqu'aux jardins publics, là où il avait fait sa dernière promenade avec Měi. Il retrouva le banc où elle aimait s'asseoir, y attendit que la nuit enveloppe le jardin de ses voiles brumeux, que les derniers promeneurs désertent les allées, que la terrible vie terrestre gronde une dernière fois dans son corps douloureux, que l'appel glorieux des anges retentisse dans son âme. Alors qu'il s'approchait de la rambarde, son cœur battait contre ses tempes glacées, tandis que la moiteur de l'été pénétrait sa chair tétanisée. Aurait-il le courage de sauter dans le fleuve, de laisser le courant l'emporter vers l'éternité ? Il se rappela alors l'étreinte affectueuse de la main de Měi dont l'agilité sur le clavier lui avait ouvert les portes d'un autre monde, le seul dans lequel il ait goûté à la félicité. Il se saisit de cette main pour franchir le dernier pas vers l'au-delà.

* *
*

Février 1954

Cher docteur Xiè,

Je regrette de ne pas avoir pu rentrer à Shanghai pour célébrer le Nouvel An. J'aurais aimé être avec vous, offrir à petite sœur Zhū de nouveaux rubans pour ses nattes, la voir sautiller de joie dans ses souliers neufs, se remplir les poches de friandises et déguster les dumplings de *āyí* Ān. Dites-lui que j'ai bien reçu ses poèmes ainsi que son cheval peint à l'encre, ils m'accompagneront dans mon voyage et je les accrocherai dans ma chambre lorsque j'arriverai à Moscou. Félicitez-la de ma part pour ses progrès en calligraphie, j'espère qu'elle continue à en faire autant au piano. Elle ne doit pas baisser les bras. Je sais qu'elle s'impatiente et préfère consacrer son temps libre à approfondir ses connaissances en anatomie, elle souhaite vous ressembler et je ne l'en blâme pas ! Elle n'a que neuf ans mais sait déjà ce qu'elle veut, j'admire sa détermination. Je ne sais pas combien de temps j'étudierai en Union soviétique, sans doute Zhū sera-t-elle devenue une jeune fille quand je reviendrai.

Notre délégation a quitté Pékin la veille de la fête du Printemps. Nos six mois de formation intensive à la langue russe se sont achevés par une cérémonie officielle au cours de laquelle nous avons tous pu serrer la main de Zhou Enlai qui la présidait. On nous y a rappelé que nous avions été sélectionnés autant pour nos compétences que pour notre loyauté à la République populaire de Chine afin d'apprendre de notre grand frère soviétique et d'en faire bénéficier notre nation en construction. Nous avons chacun reçu deux valises contenant deux costumes, l'un pour l'hiver, l'autre pour l'été, une veste en cuir et un manteau, ainsi que des livres de Marx, de Lénine et de notre président Mao.

Nous avons fait une première étape à Harbin où nous avons passé deux jours. Une tempête de neige nous a contraints à rester à l'hôtel et ce n'est qu'à travers les fenêtres embuées de notre bus que j'ai pu admirer les bulbes des églises orthodoxes de la ville ; nous n'avions pas encore quitté le sol chinois mais déjà nous sentions l'influence de notre puissant voisin. Pas uniquement dans l'architecture mais aussi dans nos assiettes puisque nous avons goûté à notre premier bortsch. Nos accompagnateurs ont jugé le moment approprié pour nous donner quelques leçons de savoir-vivre. L'usage des couverts est encore loin d'être maîtrisé par tous !

Nous avons quitté la Mandchourie à bord d'un train soviétique, le confort y est rudimentaire, la promiscuité de notre compartiment ouvert laisse peu d'espace pour s'isoler. Nous nous sommes regroupés entre musiciens, notre camaraderie s'illustre en musique, chacun apporte son talent à notre orchestre nomade. Nous improvisons autant sur des airs classiques chinois qu'occidentaux, mêlant les voix du violon, de la flûte traversière et du hautbois, à celles de l'erhu, du pipa et du dizi. Nos mélodies attirent des passagers curieux, certains s'installent sur les banquettes, battent des mains et fredonnent nos airs. Un soir, des soldats de l'Armée rouge ont fait irruption dans le wagon alors que nous adaptions des airs folkloriques de Rimsky-Korsakov. Un sentiment de panique s'est répandu au sein de notre groupe et, sans nous concerter, nous avons cessé de jouer. Nos regards affolés ont été accueillis par de puissants éclats de rire des militaires. Ils ont alors sorti, de derrière leur dos, une balalaïka et un bayan, l'un d'entre eux a entonné un air de sa voix grave, tout de suite repris par les instruments. Il nous a fallu quelques minutes pour nous détendre, la musique a ensuite opéré le rapprochement. Nous avons joué ensemble jusque tard dans la nuit et c'est à regret que nous les avons vus descendre le lendemain sur un quai gelé de Sibérie.

Le train s'enfonce dans un territoire sans couleurs, sans relief, sans horizon, il fait de nous des passagers du vide, nous plonge dans un état de torpeur, nous confine dans une poche où résonnent les battements de sa mécanique ; son souffle rassure, ses parois d'acier nous protègent ; dans son giron, nous sommes libres de rêver, de composer. Pour la première fois depuis que j'ai quitté Shanghai, j'ai le temps de me consacrer à ma musique. Quand, dans le wagon, les voix se taisent et le sommeil se propage, je m'éveille au son d'un dialogue intérieur entre l'erhu et le piano. Leur harmonie dissonante révèle le mystère de deux âmes qui se fondent dans le rêve et se cherchent indéfiniment. Je n'ai qu'une crainte, ne pas disposer de suffisamment de papier à musique pour recueillir ce flot d'inspiration. Une fois à Moscou, il y aura tant à découvrir et à apprendre, je ne dois pas laisser filer ce temps de la création.

J'espère que cette expérience soviétique me permettra de mieux servir notre patrie en tant que musicien. Je souhaite me montrer à la hauteur de la confiance que nos autorités ont placé en moi, tout comme j'aimerais être à la hauteur de ce que vous avez fait pour moi. Il y a plus de sept ans maintenant que vous m'avez sauvé. Après qu'un sampan providentiel m'a repêché de la noyade que j'espérais fatale, un autre homme a émergé et cela grâce à vous. Vos connaissances des médecines chinoise et occidentale vous ont permis de sonder les racines du mal-être qui dominait mon corps, vous m'avez soigné en profondeur, bien au-delà des blessures que je m'étais infligées. Vous m'avez offert un foyer, l'attention d'un père et l'affection d'une petite sœur. Avec votre soutien, j'ai repris ma formation musicale, surmonté mes angoisses et réussi à intégrer le conservatoire. Vous avez éveillé ma conscience politique et, inspiré par vos convictions, j'ai à mon tour embrassé la cause communiste. Nous partageons cette même soif de progrès social, sans doute nos origines modestes dont nous avons été tirés de manière providentielle par la famille Fù nous poussent-elles à rechercher plus de justice pour notre peuple en souffrance. C'est aussi grâce à votre soutien que ma candidature pour cette formation en URSS a pu aboutir. Je vous en serai toujours reconnaissant.

Je vous écrirai à nouveau en arrivant à Moscou.

Je vous souhaite le meilleur,

Votre dévoué, Shēn

* *
*

Moscou, 8 mai 1957

Shēn attendait Irina à l'entrée du conservatoire, étonné qu'elle ne soit pas déjà arrivée. Il savait l'impatience de son amie : les visites de musiciens venus de l'Ouest étaient des événements dans le monde musical soviétique, dont elle ne cessait de critiquer la fermeture. Un an plus tôt, à la fin de la tournée du violoniste américain Isaac Stern elle avait insisté pour aller à l'aéroport saluer le musicien. Ils l'avaient attendu toute la nuit. À son arrivée, vers six heures du matin, Irina s'était précipitée pour le remercier et lui avait offert un bouquet dans lequel elle avait glissé une lettre. À sa lecture, Isaac Stern n'avait pas pu cacher son émotion. Il avait saisi les mains d'Irina et lui avait dit :

— Ne perds pas confiance, jeune fille, la musique ne te décevra pas, elle t'ouvrira des horizons infinis, peut-être pas ceux auxquels tu aspires maintenant, mais tant que tu l'aimeras et que tu la partageras, ta vie aura un sens.

Irina était ainsi : sincère, intense et débordante de curiosité. C'était sans doute sa soif de nouveauté qui l'avait incitée à s'asseoir aux côtés de Shēn lorsqu'il avait rejoint le conservatoire trois ans plus tôt. Elle avait alors dix-huit ans mais sa coupe au bol, sa silhouette frêle et son allure de garçon manqué lui en faisaient paraître à peine plus de quinze. Elle était l'une des étoiles montantes du conservatoire de Moscou. La première chose qu'elle avait demandée à Shēn, c'était d'écrire en chinois. Perplexe, il avait réfléchi avant de calligraphier les noms de ses deux compositeurs favoris : Beethoven (貝多

芬) et Bach (巴赫). Elle avait souri et, du bout de ses doigts délicats, avait suivi les traits des caractères avant de l'interroger sur leur signification. Sous le nom de Beethoven, elle avait tracé une portée sur laquelle elle avait inscrit les quatre premières notes de la *Symphonie n° 5* ; puis sous celui de Bach, elle avait noté le thème de l'*Art de la fugue*. Shēn avait souri à son tour. Ce premier échange sur papier avait scellé le début de leur amitié. Depuis, ils ne s'étaient plus quittés, et cela malgré les mises en garde que Shēn avait reçues de l'ambassade de Chine qui jugeait l'influence de la jeune pianiste néfaste. En effet, les positions critiques d'Irina envers le régime soviétique lui avaient déjà valu des avertissements et sa participation aux compétitions internationales avait été plusieurs fois annulée.

Irina n'arrivait pas. Shēn tentait de dissiper son inquiétude en regardant l'affiche du concert : Glenn Gould, l'*Art de la fugue* par Jean-Sébastien Bach. Un public peu nombreux attendait devant les portes. Shēn sentit son cœur battre plus rapidement lorsque, remontant l'allée de la grande salle de concert, il aperçut son amie, assise dans les tout premiers rangs. Il était soulagé de l'anxiété qui le tiraillait dès qu'ils étaient séparés. Elle se retourna et lui sourit, ses yeux couleur de miel illuminaient son visage d'où les derniers traits de l'enfance s'éclipsaient. Elle était excitée d'être entrée avant tout le monde pour prendre ces places de choix. Quand Shēn, surpris, lui demanda comment elle y était parvenue, elle fit un geste pour suggérer qu'elle avait soudoyé l'ouvreuse. Il n'eut pas le temps de réagir, l'audience applaudissait déjà l'artiste qui entrait sur scène.

Glenn Gould avança vers le piano d'un pas lent sans un regard pour le public, son visage pâle ne laissait entrevoir aucune expression. Le silence s'imposa. Il en émergea les toutes premières notes du *Contrapunctus I*, à peine perceptibles, effleurées, s'envolant une à une avec grâce. Le ton était donné et cela ne ressemblait en rien à ce qu'ils avaient pu entendre par le passé. Bach, si différent, n'avait jamais été si présent. La maîtrise de la polyphonie et des articulations de Gould était si parfaite qu'elle paraissait surnaturelle. Sa chaise, étrangement plus basse qu'un tabouret classique, sa posture, anormalement voûtée, ses mains, extraordinairement longues, son expression, profondément inspirée, renforçaient son aura mystérieuse. Shēn et Irina étaient subjugués. À la fin de la première partie, alors que la salle était en pleine effervescence, ils demeurèrent silencieux, terrassés par la puissance de cette interprétation.

Le concert ne reprit que quarante minutes plus tard. L'auditorium était désormais plein. Les spectateurs s'étaient précipités vers les cabines téléphoniques pour appeler leurs amis et leur faire part du miracle auquel ils étaient en train d'assister, ils avaient accouru en grand nombre. Le dernier morceau du programme, la *Sonate* d'Alban Berg, eut l'effet d'un électrochoc. Il retentit comme un acte de bravoure, l'école de Vienne n'ayant pas sa place dans le répertoire soviétique. Une vague d'euphorie et de gratitude déferla sous la forme d'applaudissements, soutenus pendant plus de vingt minutes. Le public était debout, Shēn et Irina sentaient la paume de leurs mains brûler d'enthousiasme.

Irina passa la journée du lendemain devant l'auditorium Tchaïkovski dans l'espoir d'obtenir une place pour le concert du soir mais celui-ci était complet. L'écho du succès de la veille avait retenti dans toute la ville, les Moscovites s'étaient arraché les billets. Elle guetta l'arrivée du pianiste, emmitouflé dans un large manteau, le visage dissimulé dans l'ombre de sa casquette et ses mains protégées par d'épais gants de laine. Irina n'était pas seule, d'autres étaient venus l'applaudir en pleine rue : en l'espace d'une soirée, Glenn Gould était devenu leur idole.

Elle retenta sa chance le jour suivant en compagnie de Shēn. Face à la pression exceptionnelle du public, les autorités acceptèrent d'ouvrir la salle à neuf cents personnes en plus des mille cinq cents places assises déjà pourvues. Le hall immense en amphithéâtre, écrasé par son plafond treillissé, n'avait pas la chaleur de la grande salle du conservatoire. Ils s'assirent sur les marches, en haut de l'escalier, convaincus que les sons du piano ne parviendraient jamais jusqu'à eux. Sous des tonnerres d'applaudissements, ils virent une minuscule silhouette traverser la grande scène circulaire jusqu'au piano. Shēn ferma les yeux et plaça son visage entre ses mains. Dans cet espace volé, au milieu de tous, il sentait la cuisse d'Irina, pressée contre la sienne, la tension qui parcourait son corps et les crispations de ses doigts impatients. Plus que jamais, il éprouvait le désir de l'enserrer, de glisser son visage au creux de son cou et de sentir son souffle se mêler au sien : ne faire plus qu'un, se fondre dans une intimité dans laquelle il ne serait plus jamais seul, l'espace d'un instant et pour l'éternité… Les *Variations Goldberg* s'élevèrent dans leur direction et pénétrèrent au cœur de leur être. Quand les dernières notes de l'aria final s'échappèrent, Shēn attrapa la main de son amie. Elle sursauta, la retira aussitôt et applaudit avec frénésie. À la sortie, ils rejoignirent d'autres camarades, tous étaient dithyrambiques. Shēn s'éclipsa sans un mot, Irina ne chercha pas à le rattraper.

Alors qu'il marchait seul dans les grandes avenues moscovites, il se demandait comment son cœur pouvait être simultanément aussi lourd que léger, comment la félicité pouvait être si douloureuse. De retour dans sa chambre, il reprit sa sonate, celle qui avait été retenue par le jury du conservatoire et qu'il interpréterait avec Irina à l'occasion du Festival international de la jeunesse, elle au piano, lui à l'erhu. Dans le deuxième mouvement, le tempo n'était plus le bon, il devait renforcer l'asymétrie des sentiments, donner corps à leurs temporalités différentes, accepter davantage de dissonances, prolonger le vertige si éprouvant du doute, amener la joie fuyante d'une rencontre furtive, laisser malgré tout entrevoir la possibilité d'une union. Lourd, léger, son cœur battait et il créait.

Il travailla toute la nuit et la journée du lendemain, sans discontinuer, jusqu'à l'épuisement. Il fut réveillé par des tambourinements sur sa porte, c'était Irina. Elle entra comme un tourbillon, emportée dans un flot de paroles exaltées. Elle arrivait du conservatoire où Glenn Gould avait donné un concert conférence, consacré à l'école de Vienne. Il avait joué Schoenberg, Berg, Webern et un certain Krenek. Elle lui raconta la colère de la vieille garde professorale qui avait quitté la salle et lui décrivit l'euphorie des étudiants face à ce choc culturel qui introduisait une brèche dans leur institution. Elle exultait, il y avait bien tout un autre monde musical à l'Ouest et elle ne souhaitait qu'une chose, en faire partie. Elle partirait un jour, quel que soit le prix à payer ! Dans son excitation, elle n'avait fait attention ni à la pâleur ni au mutisme de son ami. S'en apercevant, elle s'approcha du bureau, attrapa ses feuillets, tourna les pages avec étonnement, fredonna certains passages, puis observa Shēn, admirative. Elle était émue par son travail de composition, toujours plus innovant et sensible. Irina se sentait partie prenante de sa création et l'encourageait, consciente de ses doutes, de ses angoisses mais aussi de sa quête de vérité, poursuivie avec une sincérité désarmante. Leur amitié lui était si chère, elle espérait que toujours ils parviendraient à la préserver. Elle le félicita puis lui ordonna de se reposer afin qu'ils puissent démarrer leurs répétitions dès le lendemain.

* *
*

Moscou, août 1957

À l'écoute de son compatriote, le chef d'orchestre Li Delun qui introduisait sa sonate devant un parterre d'étudiants venus du monde entier, Shēn se sentit débordant de gratitude. Cette scène, montée en plein air, au cœur du parc Gorki, lui rappelait les concerts à Hongkou Park, dirigés par le maestro Paci, auxquels Mĕi l'avait emmené alors qu'il avait à peine six ans. Vingt ans plus tard, il s'apprêtait à jouer sa propre musique à Moscou où des milliers de jeunes étaient rassemblés pour célébrer l'amitié entre les peuples. Il tenait son erhu tout contre lui. Cet instrument fragile qu'il avait reçu des mains d'un mendiant, il en sentait les deux cordes pressées sous ses doigts ; elles avaient le pouvoir, à elles seules, de faire chanter la Chine millénaire. Il observait le piano qui attendait sur scène, il eut une pensée pour le Steinway de Mĕi et les deux papillons qui en ornaient la ceinture de bois, pour la légende de Liang Shanbo et Zhu Yingtai et la quête d'amour éternel qui avait inspiré sa sonate. À cet instant, il sentit une main sur son épaule, Irina se tenait dernière lui dans une longue robe en mousseline, couleur d'orage, dont la taille cintrée sous la poitrine allongeait la silhouette. Le visage de Shēn s'illumina. La pianiste répondit à son regard par un sourire complice et poussa son ami vers la scène.

Le public, tout d'abord surpris par la nouveauté des sons, fut vite conquis par ce duo dont l'entente manifeste illustrait, en musique, ce qu'il était venu chercher dans la capitale soviétique : l'ouverture, la rencontre et la fraternité. La sonate de Shēn, trait d'union entre deux mondes cherchant à dialoguer, entre deux instruments issus de cultures musicales si différentes, entre deux âmes solitaires, trouva, ce soir-là, une résonance toute particulière. Les applaudissements enthousiastes du public en témoignèrent.

Shēn ne parvint pas à écouter la suite du concert. Assis dans le public aux côtés d'Irina, il n'entendait que son cœur battre contre sa poitrine. Il ressentait l'urgence de se retrouver seul avec son amie afin de poursuivre, loin de la foule, leur dialogue amoureux. Pour la première fois, il se sentait confiant. Irina, par son interprétation, avait répondu à sa déclaration. Il saurait désormais trouver les mots et les gestes qui lui avaient manqué jusque-là.

Le dîner entre musiciens qui suivit la représentation lui parut interminable. Irina était assise à l'autre bout de la table où elle conversait avec le pianiste Fu Cong. Il était la vedette du concert et tout le monde venait le féliciter pour sa remarquable interprétation du *Concerto pour piano n° 2* de Chopin. Shēn observait son amie, souriante, partageant avec le jeune virtuose des souvenirs du Concours Chopin, à Varsovie. Irina s'éloignait et Shēn sentit une ombre se poser sur son cœur.

En sortant du restaurant, ils rencontrèrent un groupe de jeunes Français. Ils s'étaient perdus et ne trouvaient plus le chemin de leur hôtel. Ils riaient fort. Irina plaisanta avec eux et proposa de leur servir de guide, accompagnée de deux autres amies. Elles prirent congé du reste des musiciens et Shēn observa son amour disparaître au bras d'un autre.

Il ne revit pas Irina durant toute la durée du festival. On lui apprit qu'elle flirtait avec un musicien français qui jouait dans l'orchestre de jazz du jeune compositeur Michel Legrand. Que pouvait Shēn contre les rêves d'ailleurs d'Irina ? Jamais elle n'accepterait de rester enfermée, il devait accepter de la voir voler en toute liberté. Elle reviendrait, cette pensée était sa seule consolation. Leurs âmes sœurs n'étaient-elles pas liées pour l'éternité ?

Le départ des milliers d'étrangers laissa un grand vide dans le cœur des Moscovites. Le vent d'ouverture qui avait soufflé sur la capitale soviétique avait éveillé un désir de liberté au sein de la jeunesse. Irina se plongea dans le travail. Elle ne pensait plus qu'à son prochain voyage à Paris où elle participerait au Concours international Marguerite Long-Jacques Thibaud. Elle n'eut plus de temps pour Shēn.

Un jour, elle le surprit seul au piano dans une salle de répétition. Ils ne s'étaient pas vus depuis plusieurs semaines. Il arrêta de jouer et l'observa : les cheveux tirés, le visage amaigri et les yeux cernés, elle semblait différente. Son regard était empreint de gravité. Elle lui demanda de reprendre son morceau. Elle connaissait cet *Adagio* de Bach mais ne l'avait jamais entendu joué avec ces arrangements. Il lui sembla tout particulièrement mélancolique. Elle attrapa la partition, une vieille édition allemande annotée en anglais par deux écritures bien distinctes. Sur la couverture, il y avait deux larges caractères chinois, inscrits à l'encre noire : 知音. Elle interrogea Shēn sur leur signification. D'une voix émue, il lui expliqua que l'on pouvait les traduire par « âme sœur », que la traduction littérale était « comprendre la musique ». Irina demanda à Shēn s'il pouvait la lui prêter pour la mémoriser, elle souhaitait emmener cette musique en voyage. Il lui tendit la partition sans manquer de préciser qu'il y tenait tout particulièrement. En la prenant, Irina regarda Shēn avec intensité et lui demanda :

— Penses-tu que l'on puisse rencontrer plusieurs âmes sœurs dans une vie ?

Troublée et les yeux emplis de larmes, elle partit sans attendre la réponse.

Irina donna rendez-vous à Shēn dans la même salle de répétition la veille de son départ. Elle joua l'*Adagio* pour lui et Shēn sentit son cœur se serrer. Ces notes étaient l'ultime cadeau de Měi, elles avaient la douceur de sa voix, la tendresse de son regard, la générosité de son cœur et la mélancolie de son âme. Grâce à elles, sa bienfaitrice avait vécu avec lui au-delà de la mort. Irina marqua une pause avant de promettre :

— Je le jouerai toujours en pensant à toi, il te ressemble. J'espère que lorsque tu le joueras, tu penseras aussi un peu à moi. J'aimerais qu'il nous lie… pour l'éternité !

Shēn ne pouvait détacher son regard de son amie. Irina ne partait que pour quelques jours et pourtant, il sentait qu'il était sur le point de la perdre. Il lui tendit une boîte d'allumettes aux couleurs vives, une édition spécialement décorée pour le Festival international de la jeunesse, dans laquelle elle trouva quelques grains rouges accompagnés d'un papier plié en quatre. Elle y lut ce poème chinois que Shēn avait traduit en russe pour elle :

Les haricots rouges poussent dans le Sud
Au printemps ils abondent sur les arbres
Si vous en rassemblez une pleine poignée
Ils raviveront vos souvenirs les plus chers

Ils se quittaient avec l'assurance d'occuper une place inaliénable dans leurs cœurs respectifs.

Quelques jours plus tard, la nouvelle circula qu'Irina avait remporté le premier prix. Le lendemain, deux hommes envoyés par l'ambassade de Chine vinrent chercher Shēn à sa résidence. Ils lui demandèrent de rassembler ses affaires : il devait quitter l'Union soviétique le jour même. C'était un ordre du KGB et la condition pour que Shēn ne fût pas mêlé à l'enquête qui allait s'ouvrir sur la désertion d'Irina Svobodskaya. La pianiste s'était enfuie de son hôtel parisien en pleine nuit et avait déposé une demande d'asile politique en France. Ce fut sous escorte policière que Shēn quitta l'Union soviétique en avion. De retour à Pékin, il subit un interrogatoire brutal sur ses relations avec Irina puis dut répondre d'une longue liste de chefs d'accusation sur ses faits et gestes à Moscou, avant d'être contraint à faire son autocritique en public. Shēn était brisé. Il n'espérait plus qu'une chose, retrouver sa liberté pour rentrer à Shanghai, y retrouver ceux qu'il considérait comme son unique famille, le docteur Xiè et sa fille Zhū ainsi que sa tante Ān.

Six mois plus tard, Shēn apprit qu'il était nommé professeur au conservatoire de Shanghai, son directeur était intervenu en sa faveur. Il était enfin libre de quitter la capitale, se sachant néanmoins sous surveillance. Il se rendit immédiatement sur Bubbling Well Road, trouva le portail de la villa couvert d'affiches de propagande et fut surpris de voir du linge pendre aux fenêtres. La porte de la maison était ouverte, de jeunes enfants jouaient dans le hall d'entrée, les meubles du salon avaient été poussés contre les murs pour laisser place à des lits ; dans un coin de la pièce, une jeune femme nourrissait son bébé. Shēn lui demanda où se trouvait le docteur Xiè, elle lui fit signe d'aller à l'étage. Il se dirigea vers l'ancienne chambre de Měi, frappa à la porte et entendit la voix d'*āyí* Ān répondre que c'était ouvert. Shēn trouva sa tante assise sur un lit, occupée à recoudre un uniforme d'école de Zhū. Elle lui parut encore plus chétive que lorsqu'il l'avait laissée, quatre ans plus tôt. Son visage était sombre. En croisant son regard accablé, Shēn comprit qu'il était arrivé quelque chose au docteur Xiè.

IV

Tremblement de l'être quand l'amour nous tient ;
Ravissement de l'être quand l'amour nous porte.
L'éclat du jour est un visage qui éveille,
Et la flamme de la nuit un regard qui veille.

François Cheng

Chapitre 10

Baoji – Hong Kong, 28 février 2015

Depuis la fenêtre du bus qui l'emmène à l'aéroport de Xi'an, Xià voit la silhouette de ses parents s'éloigner et devenir deux points indistincts sur l'horizon de son enfance. Baoji défile devant ses yeux : sa ville est en constante mutation, les grues y dansent jour et nuit sur un ciel chargé de nuages. Sur les deux rives de la rivière Wei, les tours poussent toujours plus haut, toujours plus loin, Xià y perd ses repères. Alors que la ville grignote l'espace qui la sépare des monts Qinling, ceux-ci semblent s'éloigner et se retrancher sur leurs mystères. Le car roule maintenant sur l'autoroute ; elle guette l'ombre rassurante du mont Tai Ba mais lui aussi a disparu dans la grisaille ou peut-être derrière ses yeux embués par les larmes.

Dans la chaleur des fêtes du Nouvel An, au milieu des feux d'artifice, des éclats de rire, des étreintes, des festins et des bons vœux, Xià ne s'est jamais sentie aussi seule. Sans comprendre pourquoi, elle s'est montrée distante, incapable de se réjouir des plaisirs partagés par sa famille, soudain ignorante du langage du cœur. Elle a passé la majeure partie de ses vacances enfermée dans sa chambre, prétextant travailler alors qu'elle a à peine ouvert ses cours. Xià n'a pas cessé de relire l'e-mail de M. Tong Li contenant les indications pour composer et soumettre son dossier de candidature à la Juilliard. Allongée sur son lit, les yeux rivés sur le plafond décrépi, elle a fait défiler les lignes de ce message et les a entremêlées avec ses notes les plus intimes pour jouer la mélodie d'un rêve inaccessible tandis que, dans la pièce voisine, les querelles incessantes de ses parents lui renvoyaient l'écho d'une réalité à laquelle elle ne pouvait pas se soustraire.

La veille de son départ, elle est allée jusqu'à l'immeuble de son ancienne professeure. Les vases en céramique bleu nuit au troisième étage lui ont confirmé que la fée de son enfance y vivait toujours. Xià s'est glissée dans le hall d'entrée, envahi par des vélos en désordre, et a grimpé l'escalier aux murs carrelés. Devant la porte de Madame Tsan, elle a retrouvé le paillasson à la clé de sol sur lequel elle avait tant de fois déposé ses souliers noirs, blanchis par la poussière de la rue. Xià a reconnu la calligraphie soignée de sa professeure sur les bandes de papier rouge qui encadraient l'entrée en cette période de festivité :

Parchemin supérieur : « L'hiver s'achève dans un splendide paysage de montagne et de rivière. »
Parchemin inférieur : « La pêche parfumée et la fleur de prunier annoncent le printemps. »
Parchemin horizontal : « Faites retentir l'ancien ; faites sonner le nouveau. »

À leur lecture, elle s'est interrogée : qu'avait-elle de nouveau à apporter à sa chère professeure sinon de mauvais souvenirs ? Elle savait tous les espoirs que Mme Tsan avait placés en elle, sa déception avait été à leur mesure le jour où elle avait quitté le conservatoire central pour rentrer à Baoji.

En entendant des pas derrière la porte, Xià a sursauté et couru à l'étage supérieur. Elle a alors entendu ces paroles si familières :

— Ne néglige pas tes gammes, ferme bien la porte et surtout fais attention à ne pas laisser sortir le chat !

— Oui, professeur, merci, professeur, au revoir, professeur !

Suivies de petits pas s'en allant en courant. Quelques secondes et un miaulement plus tard, les *Variations Goldberg* ont envahi la cage d'escalier. Rien n'avait changé si ce n'était que son enfance s'était envolée et, avec elle, la joie de la musique : la musique pour elle-même, gratuite, sans récompenses ni responsabilités ; la musique aussi légère qu'une portée de notes, sans poids ni conséquences ; la musique qui donne des ailes et permet de vivre entre ciel et terre. Xià a ensuite dévalé les marches et laissé, dans son sillage, l'amertume d'une innocence perdue. De retour chez ses parents, elle a cherché, en vain, la caisse qui conservait ses souvenirs de pianiste. Elle a imaginé son père brûler tous ses certificats, ses photos et ses partitions dont celle de l'*Adagio*. La précieuse partition, elle a dû se résoudre à repartir sans.

Dans l'avion pour Hong Kong, Xià s'assoupit. Dans les airs, elle retrouve un peu de légèreté. C'est un temps qui n'appartient à aucune terre, qui n'a pas de racines et ne porte pas de fruits, elle aime ce sentiment de vide, entre ciel et terre. C'est ce qui lui plaisait dans ses visites chez Tillie, ce même sentiment de pénétrer un espace parallèle, en dehors du temps, au seuil duquel elle déposait son corps et son esprit pour n'entrer qu'avec son âme. L'annonce par l'hôtesse de leur atterrissage imminent la tire de son état méditatif, elle sent alors la pesanteur de ses membres engourdis, son regard se pose sur la revue placée dans la pochette du siège avant : Lang Lang sur les toits de New York, toujours la même image, et sa décision qu'elle n'a pas encore prise.

Arrivée dans sa chambre, Xià regarde sa montre : elle a encore le temps d'aller s'aérer avant que la nuit ne tombe. Elle se change rapidement, chausse ses baskets et sort dans la rue. La bruine la fait frissonner mais ne la décourage pas. Elle inspire l'air frais et part en courant. Ses pas la devancent sur ce chemin qu'elle foule régulièrement. Très vite, elle quitte l'asphalte de la ville pour s'engager sur un sentier du parc naturel. Sa respiration régulière accompagne son ascension vers le Peak, l'effort l'endurcit et l'ancre dans son corps. Elle avance seule au cœur d'une nature dense et frémissante. Les bruits de la ville sont étouffés par d'épaisses murailles végétales qui protègent les sommets de l'île de Hong Kong de l'invasion du béton.

À mesure que Xià monte, le brouillard s'épaissit : ses tentacules ouatés s'infiltrent entre les branches des banyans et les figent dans une blancheur irréelle. La jeune femme frissonne à nouveau : il lui semble pénétrer un autre monde, non celui des humains. Le chemin disparaît dans une mer cotonneuse, entre ciel et terre. Le parfum de la mousse, le chant d'un oiseau, le trait délicat d'une fougère, chaque essence trouve une résonance au plus profond d'elle-même. Elle a le sentiment de se fondre dans cet univers et de goûter à la plus parfaite des harmonies. Son émerveillement face à la beauté du monde prend les tonalités d'un chant venant de loin. Des larmes coulent le long de ses joues, celles d'une joie débordante face à une évidence qui échappe aux filtres de la raison. Ici, dans la forêt, elle comprend qu'au piano elle peut atteindre ce même état de grâce et le partager pour toucher à ce qu'il y a de plus beau et de plus vrai au cœur de chacun.

Le ciel gronde. Le brouillard laiteux s'est fondu dans d'épais nuages noirs qui s'abattent en une pluie torrentielle. Xià arrive, ruisselante, à sa résidence. Son corps grelotte mais son cœur, lui, brûle d'allégresse. Sous la douche, elle fredonne l'*Adagio*, le sourire aux lèvres. Puis, enroulée dans son peignoir, elle fait bouillir de l'eau qu'elle verse sur ses nouilles instantanées. Elle s'allonge sur son lit, prend son téléphone et consulte sa messagerie. Tong Li. Elle ne voit que ce nom se détacher en gras parmi d'autres messages non lus. L'e-mail est arrivé pendant qu'elle courait. Elle hésite avant de l'ouvrir, inspire profondément, retient son souffle puis expire en cliquant dessus : il regrette de ne pas avoir reçu de ses nouvelles, comprend qu'il doit être difficile d'obtenir les lettres de recommandation et l'invite avec insistance à lui envoyer dès que possible le reste des documents ainsi qu'un enregistrement. Portée par le souffle de la montagne, Xià a enfin le courage et la confiance nécessaires pour faire un pas de côté, le seul pouvant la mettre sur la bonne voie. Elle n'a pas le choix, sa vérité est là. Elle promet de tout envoyer dans les plus brefs délais.

Tillie, par l'intermédiaire de sa fondation, a organisé l'enregistrement en studio. Elle a accueilli la décision de Xià d'envoyer sa candidature sans poser de questions, consciente qu'il s'agit d'un choix mûri mais fragile. Elle souhaite être aux côtés de la jeune femme, l'aider à accueillir la singularité de son talent et l'encourager à lui être fidèle. Tillie le doit à ceux qui ont joué ce rôle dans sa vie : son père, son frère, Mary-Jane et, plus tard, son mari. Dans le taxi qui les emmène au studio d'enregistrement, elles restent silencieuses. La vieille dame observe la main de Xià gratter nerveusement la banquette usagée et tirer sur la mousse qui s'en échappe. Sa main est petite, blanche et lisse, celle d'une enfant ! Elle regarde la sienne : longue, mouchetée et veinée, le témoin d'une vie. Que peut-elle encore transmettre ? Elle la pose sur celle de la jeune femme, sent un mouvement de recul, suivi d'une pause, puis une rotation du poignet : paume contre paume, deux destins se faisant face, des doigts qui spontanément s'entrecroisent et s'unissent.

L'ascenseur monte à une vitesse vertigineuse vers le trentième étage de la tour de verre. Tillie s'appuie sur sa canne pour ne pas perdre l'équilibre. Cela fait si longtemps qu'elle ne s'est pas rendue quelque part : ses rares sorties ne sont que des promenades de santé, des cercles fermés sur eux-mêmes, sans destination. Grâce à Xià, elle se sent à nouveau en vie : le dernier élan, pense-t-elle, doit être beau. Dans le couloir, la jeune pianiste offre son bras à Tillie qui l'agrippe fermement. Au seuil du studio, la vieille dame s'arrête et, de sa voix grave, dit à sa protégée :

— Je te déconseille les extraits des *Goldberg*, c'est un pari trop risqué ! Tu ne dois pas jouer pour impressionner mais pour dire qui tu es, communiquer cette innocence qui m'a touchée à la seconde où tu as égrené les premières notes de l'*Adagio* de Bach sur mon Steinway. C'est ce morceau-là qu'il faut jouer ! Je vais te demander une faveur, j'aimerais que tu le joues pour moi, pour ceux que j'ai aimés et qui n'ont jamais cessé de vivre en moi !

Xià s'installe au piano, ses mains sont moites malgré le froid glacial projeté par le climatiseur dans la salle capitonnée où elle attend seule. Cet instant lui paraît irréel. Une part d'elle-même a envie de s'enfuir pour retrouver sa vie d'étudiante, d'enfant unique et responsable, dans laquelle l'ordre et la raison règnent en maître absolu. L'autre souhaite répondre à un appel venant de bien plus loin et s'aventurer sur cette voie musicale avec, pour seuls guides, son intuition et sa sensibilité.

— Tout est prêt. Vous pouvez y aller quand vous voulez.

La voix de l'ingénieur du son est bien réelle, le regard vibrant de Tillie derrière la vitre l'est tout autant. Xià ferme les yeux et visionne sa partition du *Concerto* de Bach, sa couverture bleue, patinée par le temps et les deux caractères chinois qui y ont été tracés au pinceau : 知音, « âmes sœurs ». Son esprit en feuillette les pages et se fixe sur les portées de l'*Adagio*, sur le dialogue des deux écritures qui emplissent tout l'espace autour de la musique et qui guident son interprétation. Elle a toujours joué ce morceau avec le désir de donner une voix aux deux inconnus de la partition, de faire vivre leur créativité et leur sensibilité. Deux âmes sœurs réunies par la musique de Bach, c'est, pour Xià, le mystère de cet *Adagio* dont sa mère lui a fait cadeau sans explications et qui désormais la lie aussi à Tillie. Le cœur serré, son majeur gauche va à la rencontre du clavier et égrène six notes timides, son index vient alors à son secours pour lui donner la force d'un accord puis son petit doigt se joint en renfort, pour qu'enfin sa main droite ait l'élan nécessaire pour porter la mélodie. Dans son dos, Xià sent le souffle de Bach, celui des inconnus de la partition, celui de sa mère, celui de Tillie et de toutes les âmes qui vivent en elle. Elle joue le morceau une fois puis referme le couvercle et retrouve Tillie dans le couloir. Elles sont aussi émues l'une que l'autre.

Au chauffeur de taxi, Tillie demande d'aller à Tai Tam Tuk. Xià est surprise, elle craint que son amie ne s'épuise. La vieille dame a l'habitude de ces regards inquiets et dit sur un ton désinvolte :

— Ne t'en fais pas, je ne suis pas encore prête à partir. J'ai encore des choses à te montrer.

Le taxi s'engage sur l'Express Highway vers l'est de l'île : la baie de Victoria, les innombrables tours de Kowloon et les montagnes des nouveaux territoires défilent devant leurs yeux. C'est une belle journée d'hiver, le ciel d'un bleu intense n'est troublé ni par l'humidité ni par la pollution. La voiture bifurque ensuite sur une route sinueuse, la ville n'est plus qu'un lointain souvenir. Tillie ouvre la fenêtre : au sein de la jungle luxuriante, elle guette la forme singulière d'arbres aimés et craint, à chaque virage, qu'un typhon n'en ait arraché les racines. La route dévale les pentes des collines, l'air chargé de fragrances marines et végétales s'engouffre dans leurs narines tel un parfum entêtant de liberté. Le taxi émerge de ce tunnel verdoyant pour traverser un pont de pierre : d'un côté, elles surplombent, de plusieurs dizaines de mètres, la mer et, de l'autre, longent un réservoir où la terre et le ciel se fondent dans un miroir de jade.

Tillie demande au taxi de tourner à gauche sur un chemin étroit descendant vers le rivage d'une baie fermée, où se balancent les mâts des voiliers et les barques des pêcheurs. Elles descendent du taxi devant un petit escalier de pierre qui se prolonge en ponton dans la mer. Avec l'aide de Xià, Tillie parvient à atteindre la grève sablonneuse. Elle scrute le ciel et se souvient du jour où elle a fait ses adieux à son mari à cet endroit précis, là où ils venaient ensemble observer les oiseaux.

Alors qu'il était à l'hôpital où elle le veillait jour et nuit, elle a éprouvé le besoin impérieux de marcher le long de cette baie. C'était un jour de mars, humide et brumeux, elle s'était assise au pied d'un palétuvier, au bord de l'eau. Un héron cendré s'était posé sur une bouée, y était resté longtemps, songeur, l'air las, jusqu'à ce qu'une escadrille d'oiseaux blancs vienne virevolter autour de lui dans de gracieuses arabesques. Il les avait regardés, intrigué, puis, séduit par cette danse, s'était envolé à leur suite. Quand Tillie avait levé les yeux vers le ciel, il n'était plus là : la mer de nuages s'était subitement ouverte et une lumière céleste avait irrigué la baie ; au loin, presque imperceptible, planait un aigle. À cet instant, elle avait su qu'elle ne retrouverait pas son mari vivant à l'hôpital.

Xià interrompt ces réminiscences du passé pour montrer à Tillie un geai qui s'est posé sur le ponton. Il ne semble pas impressionné par la caresse de l'eau et picore entre les coquillages incrustés dans la pierre. Le bourdonnement d'un moteur vient rompre sa quiétude, il déploie ses ailes bleutées et chante. Tillie croise son regard argenté. Une vague menace de submerger le ponton : inquiète pour l'oiseau, la vieille dame ferme les yeux. Quand elle les rouvre, il n'est plus là. Son corps est parcouru d'un frisson, elle ressent alors une profonde lassitude. Xià dépose un châle sur les épaules de son amie : elle lui paraît soudain si frêle, comme si la vie commençait doucement à se retirer.

Chapitre 11

Extraits du journal de Tillie

Port de New York, avril 1961

Allons-nous vraiment dîner ensemble ?

Je ne cesse de relire son bristol pour m'assurer que je ne rêve pas. Ce n'est pourtant pas la première invitation que je reçois depuis que je travaille sur ce paquebot mais jamais je n'ai souhaité donner suite à ces aventures. Je m'amuse de ces jeux de séduction qui animent les traversées mais j'ai vite compris ma place et défini les limites. Jusqu'à ce qu'Amar monte à bord, il y a quatre mois.

C'était une traversée hivernale particulièrement houleuse. Nous avons dû maintenir notre programme musical malgré un public limité. Le premier soir, alors que je jouais des airs de jazz au bar à cocktails, un parfum boisé alliant la vigueur du cèdre et la douceur du musc a guidé mon regard vers sa silhouette élancée. De dos, je ne voyais que ses épaules larges et sa chevelure argentée, déjà j'étais troublée. Je cherchais à rester concentrée sur mon jeu tout en guettant sa présence au bar, il s'est retourné et son regard noir ne m'a plus quittée de la soirée. En partant, il m'a adressé un sourire lumineux qui éclairait son visage au teint caramel. Il est revenu chaque soir et sans qu'une parole n'ait été échangée entre nous, un dialogue s'est ouvert. C'est à regret que je l'ai vu désembarquer à Southampton. Le jour où le bateau a quitté Cherbourg pour sa traversée de retour, j'ai trouvé, dans ma cabine, une magnifique étole en cachemire bleue, brodée de fil argenté, accompagnée d'une carte sur laquelle je découvrais son identité H. E. Amar Dhawan, Indian Ambassador to the United Nations. *Il m'écrivait que ce châle venait de chez lui, au Pendjab, qu'il espérait qu'il me tiendrait chaud durant ces traversées glaciales.*

Près d'un mois plus tard, j'ai reçu un autre bristol qui accompagnait une anthologie de poèmes, traduits du sanskrit. Il y avait ces mots inscrits que je ne cesse de relire :

> La lecture de ces poèmes dirigera peut-être vos pensées vers moi, les miennes resteront tournées vers la lune.
> « Chaque mois la lune essaie en vain
> De peindre votre portrait ;
> Échouant à saisir votre grâce,
> Elle détruit son œuvre et recommence. »

Quand, il y a quatre jours, en quittant l'Angleterre, j'ai vu son nom sur la liste des passagers, j'ai cru que mon cœur allait exploser de joie. J'ai essayé de me raisonner : comment pouvais-je accorder autant d'importance à une silhouette, des regards et des attentions adressés à une inconnue ? Tout cela n'avait aucun sens, pas à mon âge. Impossible de le chasser de mon esprit. Je l'ai guetté, en vain. J'ai vérifié plusieurs fois par jour qu'il était bien à bord, fait une centaine de fois des détours par sa coursive et me suis arrêtée devant sa cabine sans oser frapper. Je n'ai jamais aussi mal joué que pour cette traversée. Lorsque les sirènes ont annoncé notre entrée dans le port de New York, je me suis précipitée sur le pont ; une fois à quai, je l'ai vu quitter le navire et c'est le cœur lourd que j'ai regagné ma cabine. Son invitation m'y attendait.

Jamais une escale new-yorkaise ne m'a semblé aussi exotique ! C'est un nouveau voyage qui commence...

* *
*

Bombay, février 1963

Je suis arrivée ce matin. Je m'attendais à être bousculée par ce premier contact avec l'Inde, pas par la rencontre d'un Steinway.

C'est mon premier voyage en Asie pour l'American President Lines. Quand Amar a quitté son poste à New York et rejoint sa famille à Delhi, j'ai décidé de changer de cap et de me rapprocher de lui. Avec ce nouvel itinéraire, je ferai régulièrement escale à Bombay, il a promis de m'y retrouver. Notre relation clandestine se poursuit, rien d'autre ne me retient aujourd'hui. Quand on découvre l'amour à quarante ans, n'est-il pas normal d'être prête à payer ce prix-là ? Je ne sais pas. Ou plutôt je préfère ne pas savoir et souhaite uniquement vibrer, car même si nos séparations sont douloureuses, même si notre avenir est incertain, notre amour fait battre mon cœur, il me donne le sentiment de vivre !

À peine descendue du bateau, j'ai été révulsée par l'odeur ambiante de soufre, l'air poisseux a englué ma peau et la foule bruyante m'a submergée : j'ai cru défaillir avant même de monter dans un taxi. J'ai pris place dans une petite Fiat noir et jaune qui s'est extirpée avec agilité de la cohue du port pour mieux s'enliser dans un magma de voitures, de bus à impériale, de motos, de vélos, de chars à bœufs et de vaches capricieuses. Malgré un flot d'odeurs oppressantes, j'ai gardé mon carreau baissé pour ne pas étouffer de chaleur. Je n'ai jamais observé un spectacle de rue aussi contrasté : l'explosion de couleurs des saris, la crasse des mendiants, le parfum épicé des stands de chaï, *l'odeur fétide des excréments bovins, les rires sonores des hommes déambulant main dans la main et le visage écrasé par le labeur des femmes ouvrières.*

Le taxi s'est ensuite engagé sur une promenade longeant la mer, j'ai sorti la tête, laissé mes cheveux voler au vent et senti des pulsations de joie battre contre mes tempes, un sentiment de liberté grisant, j'aurais pu chanter mon bonheur aux passants nonchalants. Au bout de la plage, la voiture a bifurqué sur une péninsule bordée d'élégantes villas, s'est ensuite perdue dans un dédale de ruelles pour finalement s'arrêter devant une maison coloniale dissimulée par une haie de frangipaniers.

Cette pension de famille, le Blue Butterfly, *m'a été recommandée par un collègue musicien : une adresse calme, accueillante et bon marché, avec un Steinway ! Je n'ai pas hésité.*

J'ai sonné plusieurs fois sans obtenir de réponse. La grille et la porte d'entrée étaient ouvertes, je suis entrée. Le parquet a grincé sous mes pas et le poids de ma valise, j'ai appelé à nouveau, toujours personne. Je me suis autorisée à pousser mon exploration jusqu'à la terrasse. De là, j'ai observé la façade : des fenêtres à petits carreaux de style anglais, une peinture pastel ternie par les traînées noires de la mousson et d'innombrables pots de fleurs aux balcons. Puis mon regard s'est porté vers le salon, attiré par une ombre familière. En poussant la porte-fenêtre, un rayon de lumière est venu caresser la surface de bois lisse et révéler les reflets acajou d'un Steinway. J'ai immédiatement identifié un Grand Piano, modèle A, style III, datant probablement du tout début du siècle. Un détail a retenu mon attention : sur la ceinture de bois, à proximité du clavier, deux papillons ont été gravés. J'ai passé mes doigts sur leurs ailes déployées, prêtes pour l'envol, et aussitôt ressenti un froissement délicat à la pointe du cœur, une joie teintée de tristesse.

*Seule, dans cette villa endormie, je n'ai pas pu résister, je me suis installée sur le tabouret et j'ai soulevé le couvercle. La découverte des touches à l'ivoire jauni et aux réglages irréguliers m'a profondément attristée. Je savais, avant même de jouer, que le piano sonnerait faux. Un si bel instrument, laissé à la dérive du temps... J'ai pensé à Pa : son cœur aurait saigné d'une telle négligence. Pour lui, j'ai interprété l'*Adagio*. Dès la première note, je me suis sentie proche de cet instrument : lui et moi, nous avons voyagé de New York à Bombay, et nous avons tous les deux souffert, cela je l'ai perçu sous mes doigts. J'ai eu envie de le consoler, d'embrasser sa peine et de partager les miennes.*

Des pas dans mon dos m'ont fait sursauter, derrière moi se tenait un homme d'une soixantaine d'années qui, les bras croisés sur son ventre bedonnant, m'observait, étonné. D'une voix rauque de fumeur, il m'a dit que je n'étais pas la première à jouer ce morceau sur son Steinway, qu'il avait connu un jeune garçon à Shanghai qui le répétait de manière obsessionnelle. Puis il m'a dévisagée et interrogée sur la raison de ma présence chez lui. Je lui ai répondu d'un ton sec que j'avais réservé une chambre pour deux semaines et que c'était une honte de laisser un si bel instrument se dégrader ainsi, que s'il ne réagissait pas vite, il serait bientôt irrécupérable. Visiblement piqué à vif, il m'a rétorqué que je n'avais pas de leçon à lui donner, qu'il avait sauvé ce piano de bien pire et que, sans son intervention, les Japonais l'auraient tout simplement brûlé. Il a ajouté qu'il avait payé cher de sa peau pour le rapatrier jusqu'ici et que je pouvais bien garder mes commentaires pour moi.

Une femme plus jeune, dans un élégant sari lie-de-vin, est entrée et l'a interrompu pour me souhaiter la bienvenue et excuser son mari qui s'emportait rapidement dès qu'il était question de son piano. Elle m'a ensuite conduite à ma chambre, je me suis effondrée sur le lit. Impossible de dormir malgré la fatigue. La présence de cet instrument au rez-de-chaussée m'obsède. C'est la première fois que je ressens une telle attirance pour un piano, comme si nous étions des confidents de longue date et partagions de nombreux secrets.

Pourtant tout est abîmé chez toi, mon beau Steinway Papillons !

Pa, pourquoi ce piano a-t-il éveillé un besoin impérieux de me blottir dans tes bras ?

Que doit-on faire pour le sauver ? Tu me diras, n'est-ce pas ?

Demain, je prendrai soin de toi. C'est une promesse.

* *
*

Bombay, 5 décembre 1964

Prendre le petit déjeuner ce matin sur la terrasse du Blue Butterfly, *accompagnée du chant des perruches, c'était comme être de retour à la maison. Lalita est aux petits soins et Roger, je le sais maintenant, content de ma visite. Quel soulagement pour moi de pouvoir poser mes valises, quitter temporairement ma vie de nomade, me défaire du rythme festif qui commande mes journées et mes nuits en mer, et redevenir maîtresse de mon temps à terre. Demain, Paul VI quittera la ville, Amar en aura fini avec ses obligations officielles et enfin nous nous retrouverons. Nous reprendrons le fil de nos conversations, celles qui lient nos esprits, nos corps et nos cœurs. Ses dernières lettres étaient graves, je l'ai senti préoccupé, presque distant ; je sais qu'à mes côtés, cette ombre sera levée.*

*J'ai passé une grande partie de la journée à la pension : aucune envie de me retrouver piégée dans des mouvements de foule, cette visite papale a vraiment mis la ville en ébullition. Je n'étais pas mécontente de goûter au calme de Malabar Hill. Roger était très fier de me montrer les derniers travaux de l'accordeur, il y a encore beaucoup à faire mais je sais qu'il n'en a pas les moyens et que chaque pas est une petite victoire. J'aime, dès que j'arrive, voir Lalita retirer toutes les photos de famille qui trônent sur le piano et Roger ouvrir le couvercle pour enfin le laisser respirer. Comme d'habitude, il s'est assis dans un coin du salon et m'a passé commande d'airs de Puccini et de Gershwin. En échange, je lui ai demandé de me raconter ses aventures passées entre Marseille, Saigon, Shanghai et Bombay. J'aimerais tellement qu'il puisse m'en apprendre plus sur le Steinway, mais je crois que je devrai toujours me contenter de savoir qu'il l'a acheté à un pianiste russe qui lui-même l'avait obtenu d'une riche famille chinoise de Shanghai. Quand j'ai joué l'*Adagio*, il m'a à nouveau parlé du jeune prodige chinois qu'il avait embauché pendant les années d'occupation japonaise,* *celui qui aimait jouer le même morceau et qui éprouvait un attachement viscéral au piano. Je pense souvent à cet enfant, où peut-il être maintenant ? Moi aussi, j'éprouve un attachement viscéral inexplicable pour celui que j'appelle le Steinway Papillons.*

Ce soir, Roger m'a fait une surprise en m'invitant à les accompagner au concert de Louis Armstrong, en tournée organisée par le Département d'État. L'événement avait lieu en plein air dans un charmant amphithéâtre de pierre, entouré de verdure, au pied d'un collège à l'architecture néogothique. Roger souriait, c'est suffisamment rare pour que Lalita s'en soit réjoui. Je dois avouer que je n'ai pas cru à ce concert jusqu'à ce que Louis fasse son apparition sur scène. Comment décrire ce que j'ai ressenti en retrouvant sa voix chaude au timbre voilé ? Il est venu réveiller mes souvenirs de jeunesse. Le son ample et majestueux de sa trompette avait l'éclat de nos plus belles soirées passées avec Joseph à courir les clubs de jazz depuis Harlem jusqu'à Greenwich Village, ce temps insouciant d'avant la guerre, d'avant sa mort. Le rire chaleureux de Satchmo, son regard gourmand, son appétit de la vie, alliés à son génie de la musique, c'était aussi l'écho vibrant de l'héritage de Mary-Jane, celui que je m'efforce de faire vivre à mon tour sur les océans. Je sais tout ce que je dois à cet homme venu des bas-fonds de la Nouvelle-Orléans jusqu'à Bombay aujourd'hui : il a accompagné mes pas de côté, ceux qui m'ont mise sur une voie incertaine mais riche, une voie qui est la mienne. Autour de moi, le public indien absorbait avec passion ces rythmes venus de loin. Ces visages réjouis, ces corps dansants, ces mains battant la mesure : nous étions tous unis par sa musique.

Alors que j'écris ces lignes, je fredonne l'air de son dernier succès et m'amuse à en revisiter les paroles. Cela donnerait :

Hello Tillie
This is miss Tillie
It's so nice to have you back where you belong
You're lookin' swell, Tillie
I can tell, Tillie
You're still glowin', you're still crowin', you're still goin' strong
I feel the room swayin'
While the band's playin'
One of our old favorite songs from way back when
So, take her wrap fellas
Find her an empty lap, fellas
Tillie, never go away again
I feel the room swayin'
While the band's playin'
One of our old favorite songs from way back when
So, golly gee, fellas
Have a little faith in me, fellas
Tillie, never go away
Promise, you'll never go away
Tillie, never go away again

Je suis heureuse. L'écrire me fait sourire.

Plus qu'une nuit et demain je serai dans ses bras. Plus qu'une nuit et ces deux derniers mois de séparation seront évanouis. Mes doutes aussi. Il n'y aura plus que l'assurance de notre amour.

* *
*

Bombay, 25 décembre 1964

Combien de jours ont passé ? Les bleus finiront-ils par s'estomper ? Sur mon visage, sur mon corps, ils disparaîtront. Mais les autres, ceux qui ne se voient pas : la honte, la détresse, l'abandon…

Lalita m'apporte mes repas, ne me questionne pas. Je ne sors de ma chambre que pour descendre jouer au piano. J'attends la nuit et pleure en sourdine. Je cherche Joseph, lui seul saurait me consoler sans me juger. Lui, et le Steinway Papillons. Je n'ai plus aucun endroit où aller. Retourner travailler… Plus jamais je ne monterai sur une scène ! Rentrer à New York… Jamais je ne pourrai affronter le regard de Ma.

Amar m'a tout pris : ma dignité, mon amour, ma joie, mon espérance. Sous la violence de ses coups, tout a volé en éclats sans que je sache pourquoi. Son humeur sombre lorsque je l'ai retrouvé dans la chambre à l'hôtel Taj Mahal, *mes gestes tendres, la brutalité avec laquelle il m'a fait l'amour comme s'il m'en voulait, son silence prolongé, mes paroles enthousiastes pour chasser cette pesanteur inexpliquée, l'ombre noire qui s'est posée sur son visage, a pris possession de son être et s'est déchaînée sur moi avec violence. Qui étions-nous devenus ? Je suis restée muette alors que ses coups s'abattaient sur moi, j'aurais voulu me défendre mais la sidération me paralysait, je l'ai laissé me frapper, j'ai attendu que l'orage passe et qu'il parte. Qui était cet homme ? Pas celui que j'aime depuis plus de trois ans. M'écrira-t-il pour s'excuser ? Comment puis-je même le souhaiter ? Qu'est-ce que je cherche à sauver ?*

J'ai trouvé une carte sous ma porte. Elle était de Roger. Il me souhaitait un Joyeux Noël. NOËL. Tu te souviens

Joseph, la joie de nos Noëls d'enfants ? NOËL. La dernière fois que je t'ai serré dans mes bras, c'était le jour de Noël, ta dernière permission avant d'embarquer pour l'Europe. On ne le savait pas mais c'était aussi la dernière fois que nous jouions ensemble. La Sonate en mi mineur *de Brahms. Ce soir, dans la pension endormie, je l'ai jouée à nouveau avec toi, tu étais là, n'est-ce pas ? J'ai commencé doucement, en retrait, pour t'accompagner, te laisser le devant de la scène, à toi, notre étoile. Puis j'ai senti monter une colère frustrée et, avec le piano, j'ai pris le dessus pour me révolter. Tu m'as alors laissé cet espace pour m'exprimer, tu m'as encouragée à porter la mélodie à mon tour pour qu'enfin nous puissions dialoguer d'égal à égal. Tu n'as jamais voulu me faire de l'ombre, bien au contraire ! Tu voulais toujours qu'on s'intéresse aussi à moi. Tu savais à quel point je souffrais de cette comparaison avec tes talents de prodige. Je t'en ai voulu, oui, j'ai été terriblement jalouse. Mais cela n'a jamais duré car tu avais la générosité des grands artistes, ceux qui invitent leur entourage à s'élever avec eux. Je t'admirais trop et surtout, je t'aimais trop pour t'en vouloir. Mon Joseph, tu es l'être le plus sensible que j'ai connu, toi mon écorché vif, tu ressentais le monde, sans filtre, dans sa beauté la plus pure et sa plus extrême cruauté. Tu étais la face céleste de notre paire, j'étais la terrestre. Entre ciel et terre, nous étions unis. Comment retrouver une harmonie si parfaite et continuer à vivre, privée du ciel, maintenant que tu m'as laissée seule aux prises avec la violence des hommes ?*

Dans mes ténèbres, tu es la seule lueur qui brille encore mais tu es si loin. Comment me rapprocher de toi ? Dis-moi comment renouer avec l'espérance. Toi tu as su garder confiance malgré la barbarie dont tu as été témoin. Tu me l'as écrit. Dans ta dernière lettre. À l'église Saint-Thomas, à Leipzig. Tu as parlé de cette flamme que tu y avais trouvée, cette lueur d'humanité que tu souhaitais faire vivre dans ta musique.

Peut-être est-ce là que je dois aller.

Chapitre 12

Shanghai, août 1966

Shēn observait les premiers rayons du soleil caresser la peau blanche du corps de Zhū qui dormait, ses longs cheveux déployés en corolle autour de son visage paisible. Dans son sommeil, la jeune femme retrouvait ses traits innocents, ceux qui avaient ravi Shēn lorsqu'elle était entrée dans sa vie, encore bébé, dans les bras de son père, le docteur Xiè. Il guettait les sourires qui n'illuminaient plus ce visage que dans l'obscurité de la nuit, dans la clarté de rêves heureux, miraculeusement préservés des souffrances de l'existence. Aux premiers froncements de sourcils, annonciateurs d'un réveil proche, Shēn sortit du lit, enfila ses vêtements à la hâte et sortit sur le palier. Alors qu'il descendait l'escalier, il entendit la porte d'*āyí* Ān s'entrebâiller et poursuivit son chemin sans se retourner, chassé par le regard de sa tante qu'il savait accusateur.

Cela faisait maintenant plusieurs semaines que, chaque soir, une fois la maison endormie, Zhū quittait la chambre qu'elle partageait avec Ān pour pénétrer dans celle de Shēn. La première fois, elle s'était glissée dans son lit, sans un mot, vêtue de sa longue chemise en drap blanc.

Elle s'était rendormie immédiatement et Shēn, tout à sa surprise, avait écouté sa respiration jusqu'à l'aurore. Le lendemain, elle était revenue : dans son sommeil, elle s'était blottie contre lui, il avait senti la tiédeur de son souffle dans sa nuque, descendre le long de sa colonne jusque dans ses reins et avait frémi. Au cours des nuits suivantes, Zhū était revenue s'allonger à ses côtés : alors qu'il faisait face au mur, les courbes de la jeune femme étaient venues épouser les siennes, si proches qu'il avait pu mesurer le rythme de ses battements de cœur contre son dos, un tempo rapide et régulier. La proximité des corps, il ne l'avait connue que dans son imaginaire et le seul qu'il ait désiré avait été celui d'Irina, qu'il n'avait jamais cessé d'aimer secrètement dans une solitude douloureuse. Zhū avait glissé sa main autour de sa taille, le contact de ses doigts sur son torse nu avait troublé Shēn. Un soir, alors que les pales du ventilateur brassaient l'air chaud, la jeune femme s'était déshabillée avant d'entrer dans le lit, l'alchimie soudaine de leurs peaux moites avait raidi le corps du musicien, qui avait perçu contre ses omoplates le frottement de ses tétons tendus. D'une main tremblante, elle avait effleuré sa virilité, ses doigts avaient caressé sa membrane fine et bandée, il avait fermé les yeux, son cœur s'était emballé, un râle rauque lui avait déchiré la poitrine, il avait joui.

Dans ces conversations nocturnes, seuls leurs corps prenaient la parole et c'était toujours Zhū qui donnait le ton, Shēn se laissait guider sur les chemins de cette intimité mystérieuse par cette main féminine qui explorait des territoires inconnus. Il était troublé par l'audace de la jeune femme mais plus encore par sa douceur, un élément de son caractère qu'il n'avait pas retrouvé à son retour de Moscou. Tandis que Shēn avait été retenu à Pékin, le docteur Xiè avait été condamné comme droitiste pour avoir critiqué la corruption des représentants du Parti au sein de son hôpital durant la campagne des Cent Fleurs. Il avait été envoyé dans un camp de travail forcé sur les hauts plateaux désertiques du Qinghai. Depuis la condamnation de son père, Zhū portait la honte de sa mauvaise origine, bourgeoise et contre-révolutionnaire, qui lui avait valu de subir les brimades quotidiennes de ses camarades et les humiliations de ses professeurs. Pour elle qui avait grandi dans le culte du président Mao, les actes dont son père s'était rendu coupable étaient impardonnables. La trahison de cet homme adoré avait fait grandir en elle une amertume corrosive : l'enfant joyeuse, tendre et volontaire s'était muée en une adolescente agressive, vindicative et solitaire. Elle n'avait pas versé une larme lorsqu'ils avaient appris la mort de son père, la veille de ses seize ans. Le docteur Xiè avait souffert des conditions inhumaines du camp et la famine avait fini par l'emporter au cours de l'année 1961. Deux ans plus tard, Zhū qui souhaitait devenir médecin s'était vu refuser l'entrée à l'université du fait de ses origines. Depuis, elle apprenait la médecine traditionnelle auprès d'un ami de son père et passait ses journées dans l'arrière-boutique de l'officine à préparer poudres, décoctions, tisanes et autres remèdes dont elle découvrait les propriétés. Elle travaillait avec un acharnement décuplé par sa frustration. Lorsque Shēn était revenu vivre dans la villa de Bubbling Well Road, Zhū l'avait accueilli avec méfiance. Elle s'était immédiatement montrée critique de ses activités au conservatoire et de son goût immodéré pour la musique occidentale et bourgeoise. Elle avait tout fait pour maintenir ses distances. Cette attitude injustement sévère n'avait pas découragé Shēn de jouer le rôle de chef de famille, laissé vacant par le départ du docteur Xiè. Il veillait sur Zhū et Ān, un devoir dont il lui était désormais impossible de se détourner.

La sensualité de leurs rencontres clandestines se muait en culpabilité à la lueur du jour. Shēn marchait dans les rues de Shanghai, talonné par l'ombre sévère du docteur Xiè, dont il trahissait la confiance nuit après nuit auprès de sa fille. Épouser Zhū, l'aimer dans la légalité, sceller officiellement les liens familiaux qui les unissaient déjà depuis tant d'années, cette issue était pourtant impossible. Jamais Shēn ne pourrait faire porter à la jeune femme le poids d'être mariée à un professeur de musique qui avait ouvertement critiqué la politique culturelle du Parti et dont le nom était inscrit à l'encre noire sur les dazibaos qui couvraient les grilles du conservatoire depuis le mois de juin.

L'institution n'échappait pas à la nouvelle campagne politique qui secouait le pays depuis plusieurs mois et dont les milieux intellectuels étaient la première cible. La musique classique occidentale devait être bannie du répertoire, ses origines bourgeoises, son sentimentalisme et son élitisme étaient jugés contre-révolutionnaires. Les cours avaient été, peu à peu, suspendus, remplacés par des séances d'étude des citations du président Mao, consignées dans le *Petit Livre rouge* que chacun devait mémoriser. He Luting, le directeur, soutenu par plusieurs professeurs, s'opposait à ces nouvelles règles. Shēn avait, lui aussi, pris sa défense lorsque des affiches le condamnant étaient apparues sur les murs du conservatoire.

Au sein de cette institution privée de musique, où il appartenait désormais au camp des suspects, Shēn trouvait refuge dans l'atelier de fabrication d'instruments créé par le violoniste Tan Shuzhen. Les étudiants l'avaient déserté, aussi Shēn était souvent seul avec cet homme qu'il admirait. Ils aimaient évoquer leurs souvenirs du maestro Paci : maître Tan avait été le premier musicien chinois recruté en 1927 par le chef pour rejoindre l'orchestre municipal de Shanghai, jusque-là composé uniquement d'étrangers. Ils écoutaient des disques : le violoniste disposait d'une belle collection de vinyles, notamment de nombreux enregistrements de Yehudi Menuhin, envoyés des États-Unis par l'un de ses anciens élèves. Maître Tan affectionnait tout particulièrement l'interprétation par Menuhin de l'*Ave Maria* de Schubert, qu'il écoutait chaque jour depuis que le conservatoire était entré dans cette nouvelle ère de tourmente. Son écoute était prière, la musique portait sa foi. Ils n'abordaient jamais les sujets religieux mais maître Tan n'avait pas besoin de mots pour témoigner de sa fidélité au christianisme : son humilité, sa bienveillance et sa gratitude en étaient la constante expression.

Le plus souvent, les deux hommes travaillaient côte à côte en silence. Shēn s'enivrait des effluves boisés de pins, de séquoias et d'ébéniers, il rêvait de forêts denses, du bruissement des feuilles caressées par le vent, des jeux d'ombres et de lumières sous l'épaisse canopée, de l'humidité de la mousse sous ses pieds nus. Ses mains occupaient son esprit alors qu'elles taillaient, ponçaient, sculptaient, rabotaient et collaient dans un souci permanent de créer des instruments qui permettraient à l'âme humaine de trouver son harmonie au monde. Le chaos grondait à l'extérieur, transformant l'atelier en un dernier bastion d'humanité. Ce jour-là, alors que Shēn mettait la touche finale à un erhu, sculpté dans du cèdre blanc, il entendit maître Tan réciter une prière. Il en reconnut les paroles, des mots enfouis dans ses souvenirs, et entendit la voix de Mĕi lui apprenant les vers de saint François d'Assise alors qu'ils se promenaient au bord de l'étang aux nénuphars de Jessfield Park. Spontanément, il saisit son nouvel instrument et accompagna le Cantique des créatures d'une musique qui sommeillait en lui.

Loué sois-tu, mon Seigneur,
Pour frère Feu
Par lequel tu éclaires la nuit :
Il est beau et joyeux,
Indomptable et fort.

Dans la nuit de son existence, il prit conscience qu'il y avait toujours eu une lumière, celle d'un amour infini qui lui avait appris à *être* par la musique et qui s'était révélé sous des traits aimés. Cet amour absolu qui anime, inspire, sublime, console, pardonne et porte l'espoir, était celui qu'il avait voulu mettre au centre de sa musique et de sa vie avec toutes les limites de son humanité mais avec une sincérité inaltérable. Cette révélation fulgurante embrasa son cœur.

Plus tard, il se coucha, brûlant de cette félicité, et lorsque Zhū vint à sa rencontre, il eut envie de l'aimer de toute son âme et de tout son corps, de lui offrir le meilleur de lui-même avec l'espoir de toucher son âme blessée. Pour la première fois, il lui fit face et chercha son regard qu'elle maintint clos. C'était à son tour de répondre à l'appel sensuel qu'elle lui avait lancé nuit après nuit. Guidé par l'accord parfait de son désir et de son amour, Shēn explora le corps de Zhū avec ses mains, ses lèvres, sa virilité, s'approchant avec confiance de la profondeur de son être, se fondant en elle dans une extase au goût d'éternité. Le corps vidé de sa sève, le cœur empli de bonheur, il s'endormit en tenant la main de Zhū.

Shēn se réveilla, en sursaut, au son d'un gong qui accompagnait des chants révolutionnaires. Le jour occupait toute la pièce, projetant son ombre solitaire au pied du lit. Sa joie avait eu raison de ses insomnies, il était déjà midi. Les clameurs de la rue se rapprochèrent et soudain un cri lui transperça le cœur. Il se précipita à la fenêtre : un groupe de jeunes, vêtus de l'uniforme kaki et du brassard des Gardes rouges, encerclait une femme dont ils avaient rasé la tête et qu'ils forçaient à ramper au sol, en la traitant de « chienne de capitaliste ». L'un d'entre eux brandissait fièrement les cheveux bouclés de la victime, punie pour sa coquetterie occidentale. La foule s'était attroupée autour d'eux et se répandait en invectives contre la malheureuse. Shēn aperçut sa tante se faufiler en direction du portail, elle avait caché sa longue natte dans son chemisier. Il l'accueillit, inquiet, en haut de l'escalier et l'interrogea pour savoir où était Zhū. Ān répondit qu'elle était partie tôt pour se rendre à une réunion politique à laquelle elle avait été convoquée la veille. Elle ajouta que des groupes de Gardes rouges sillonnaient les rues de la ville, qu'ils pillaient des maisons, saccageaient les temples, brûlaient les livres, humiliaient tous ceux qui incarnaient les Quatre Vieilleries contre lesquelles le président Mao les avait encouragés à se révolter. Ān jeta un coup d'œil par la porte entrouverte de Shēn, arrêta son regard sur le lit défait puis le fit courir sur les bibliothèques qui couvraient les murs de la chambre. Elle dit à son neveu d'un ton grave :

— Tu ne sortiras pas indemne de cette crise, ils viendront te chercher et Dieu sait ce qu'ils feront de toi. Tu dois partir pour ne pas compromettre Zhū, elle a déjà trop souffert. Si tu tiens à elle, c'est la seule chose que tu puisses faire. Je resterai à ses côtés.

Elle rentra dans l'ancienne chambre de Mĕi, Shēn la vit se saisir d'une paire de ciseaux. D'un coup sec, elle coupa la natte qui lui descendait jusqu'aux cuisses. Les Japonais lui avaient volé sa virginité, elle ne laisserait pas les Gardes rouges lui prendre ce qui lui restait de dignité. Elle se tourna vers Shēn : ses cheveux, courts et clairsemés, soulignaient davantage encore la maigreur de son visage et le poids de ses souffrances. Malgré cela, il se dégageait de sa silhouette frêle une force inébranlable. Elle se dirigea vers un coin de la pièce, se mit à genoux et souleva une latte du parquet. Shēn l'en vit sortir un crucifix ainsi qu'une lettre avec des timbres américains, il se souvint de ce courrier qui était arrivé de New York pour Mĕi après la défaite des Japonais, visiblement Ān ne l'avait jamais décacheté mais préservé tel un trésor. Elle noua sa natte autour de ces objets avant de les replacer dans leur cachette. Quelques heures plus tard, Shēn revint dans la pièce, il portait un pantalon et une veste en toile bleu marine, une besace en bandoulière. Il alla vers la cache, en souleva la latte secrète et y déposa sa précieuse partition de l'*Adagio* de Bach ainsi qu'une photo de lui enfant, jouant à quatre mains avec Mĕi sur son Steinway Papillons. Il se tourna ensuite vers sa tante et, tout en regardant le lit de Zhū, lui dit :

— Je pars. Je te confie ce que j'ai de plus précieux. Adieu.

Shēn n'avait aucune idée de là où il pourrait se rendre. En franchissant le portail, il frissonna : l'aveugle était de retour, le vieil homme qui lui avait confié son erhu avant de rendre son dernier souffle, se tenait devant lui, les yeux rieurs. Shēn entendit le son de sa voix chaude lui réciter un poème de Li Po :

Pourquoi vivre au cœur
De ces vertes montagnes ?
Je souris, sans répondre ;
L'esprit tout serein.
Tombent les fleurs, coule l'eau,
Mystérieuse voie...
L'autre monde est là,
Non celui des humains.

Un homme pressé bouscula Shēn. Derrière lui, des Gardes rouges poussaient deux vieillards, aux longues barbes blanches, coiffés de bonnets d'âne, qui portaient, autour du cou, des pancartes sur lesquelles Shēn put lire : « rat conservateur, ennemi du peuple » et « parasite, suceur du sang du peuple ». Le mendiant avait disparu, le chemin lui était apparu. Loin de la folie des hommes, au cœur de la nature, il trouverait refuge. Avant de se mettre en route, il devait aller au conservatoire chercher son instrument.

Les abords de l'institution, rue Fenyang, étaient en ébullition. Des étudiants, attroupés devant les grilles, lisaient, à voix haute, les nouveaux dazibaos qui s'y superposaient en couches épaisses. En voyant son nom associé aux caractères « ennemi du peuple », Shēn enfonça sa casquette sur ses yeux et frôla les murs jusqu'à l'atelier. Il en trouva la porte ouverte, ce qu'il découvrit lui fendit le cœur : les instruments à cordes gisaient au sol, entièrement démembrés, corps brisés, à jamais privés de leur chant. Les autres familles d'instruments avaient subi les mêmes sévices. Les seuls rescapés de ce carnage étaient les instruments chinois. Sur sa table, Shēn trouva le dernier erhu qu'il avait fabriqué, celui avec lequel il avait accompagné le Cantique des créatures, récité par Tan Shuzhen. Il était la réplique exacte de l'instrument offert par le mendiant, celui avec lequel il avait voyagé en URSS, grâce auquel il avait composé sa sonate et sur lequel il l'avait jouée au parc Gorki. Shēn tenait les deux instruments devant lui et les regardait avec émotion, tels deux amis chers, ayant miraculeusement survécu à l'enfer. Il devait les emmener, les arracher à la barbarie et les ramener au cœur de la forêt, au lieu de leurs origines, là, ils pourraient l'aider à s'unir au souffle vital.

Il s'apprêtait à quitter le conservatoire, ses deux erhus sur le dos, les yeux rivés au sol, avançant à contre-courant des étudiants qui affluaient vers l'auditorium quand son ombre croisa celle de Tan Shuzhen. Il leva son regard et vit le violoniste, encadré par ses élèves vêtus de l'uniforme des Gardes rouges : l'éminent professeur était méconnaissable, les cheveux et le visage couverts d'encre noire, les lunettes brisées, les vêtements déchirés, les mains ligotées dans le dos. Shēn s'arrêta et voulut crier aux étudiants de lâcher maître Tan mais aucun son ne sortit de sa gorge. À cet instant, une de ses élèves le reconnut. Il tenta d'accélérer le pas mais la jeune femme donna aussitôt l'alerte. En quelques secondes, il fut rattrapé par quatre Gardes rouges qui le poussèrent à terre et se mirent à le rouer de coups de pied en le traitant de « lâche, fuyard, voleur, génie malfaisant ! ». Puis l'un d'entre eux le saisit par le col, le força à se lever et le poussa en direction de l'auditorium. Le grand hall était rempli d'étudiants qui scandaient des citations du président Mao sous la direction d'un Garde rouge qui les haranguait depuis l'estrade. Au centre de la scène, une dizaine de professeurs étaient à genoux, les mains dans le dos, la tête baissée tandis qu'un garde faisait claquer son ceinturon tel un fouet prêt à s'abattre sur les accusés. Shēn fut conduit jusqu'à maître Tan. Le garde au micro lui demanda alors de cracher sur le violoniste, une injonction reprise en chœur par la masse des étudiants. Shēn demeura immobile. Le garde au ceinturon se mit à fouetter Tan Shuzhen tandis que le leader criait dans le micro :

— Crache ou nous continuerons à battre ce chien de capitaliste ! Tu hésites ? C'est donc à cela que conduit l'apprentissage de la musique, à ce sentimentalisme mou ! Vous avez voulu nous pervertir avec vos enseignements bourgeois mais vous n'avez pas réussi à nous corrompre. Nous sommes des révolutionnaires, nous mènerons jusqu'au bout la lutte des classes ! Crache et montre-nous que, toi aussi, tu rejettes ce parasite !

Le garde qui tenait Shēn se mit à le secouer en direction de Tan Shuzhen, tandis que la foule criait « crache » en rythme avec les coups de fouet. Sous son masque d'encre, Shēn pouvait voir les traits du violoniste, crispés par la douleur, alors il rassembla le peu de salive que sa bouche tuméfiée put produire et, les yeux clos, la projeta en direction de maître Tan. Aussitôt, il s'effondra sur ses genoux, en pleurs. Les étudiants applaudirent puis le conspuèrent avec violence. À l'issue de cette réunion, les professeurs furent menés dans des salles de répétition où les gardes les maintinrent prisonniers, ne les autorisant à sortir que pour se rendre aux séances d'autocritique qui s'enchaînèrent quotidiennement durant les jours qui suivirent.

Dans la salle où Shēn était maintenu captif, il y avait un piano droit dont toutes les cordes avaient été sectionnées. Auprès de cet autre blessé, dans le silence de leurs souffrances, Shēn cherchait une consolation. Il revenait de chaque séance d'autocritique plus dépouillé du peu de dignité qui lui restait. Son cœur saignait pour cette jeunesse perdue à laquelle il avait voulu transmettre, par la musique, la sensibilité qui humanise, qui lie les êtres dans ce qu'ils ont de meilleur, qui les élève au-dessus de leurs élans barbares. La musique avait échoué : pourquoi ne les avait-elle pas sauvés, eux aussi ? Sur le piano muet, du bout de ses doigts brisés par les coups, il jouait l'*Adagio* de Bach : son majeur gauche allait à la rencontre du clavier et égrenait six notes timides, son index venait ensuite à son secours pour lui donner la force d'un accord, puis son petit doigt se joignait en renfort pour qu'enfin sa main droite ait l'élan nécessaire pour porter la mélodie. Ce morceau résonnait de l'amour que Měi lui avait prodigué, une résonance qu'il espérait avoir transmise à Irina et qu'il avait voulu faire vibrer sur le corps de Zhū. Avait-elle entendu cette musique lorsqu'il lui avait fait l'amour ? Son corps était-il parvenu à toucher son âme ? Le piano silencieux ne lui offrait aucune réponse. Le tumulte de la révolution culturelle étouffait le chant des âmes. Dans le coin de la pièce obscure, avait-il réellement vu quelques graines rouges ? Il voulait croire à toutes ces résonances de l'amour, ou bien son esprit lui jouait-il des tours ? La faim de l'enfance grondait à nouveau dans ses entrailles, quelle nourriture pourrait le sauver de cette ultime épreuve ?

Dans les couloirs du conservatoire, sous les portes closes, les rumeurs du dehors rampaient et attaquaient avec brutalité les prisonniers reclus. Ainsi Shēn apprit-il le suicide de plusieurs professeurs dont celui de son maître d'erhu, Lu Xiu Tang, et de sa professeure de piano, Li Cuizhen. Lorsqu'il entendit parler de son suicide devant sa porte, Shēn s'effondra : les Gardes rouges avaient pillé sa maison, l'avaient forcée à ramper au sol et à s'auto-injurier. Elle n'avait pas supporté. Un soir, elle s'était maquillée, avait revêtu ses plus beaux vêtements puis avait ouvert le gaz. À côté de son corps inanimé, on avait trouvé un message : *J'ai besoin de repos.*

Shēn avait pleuré et, en écho à ses larmes, avait entendu les pleurs étouffés de la jeune étudiante qui gardait sa porte. Elle faisait partie de la classe de Li Cuizhen.

Ce fut la mort dans l'âme que Shēn se rendit à la séance d'autocritique qui suivit cette nouvelle. Il entra dans le hall sous les huées des étudiants et, la tête baissée, se laissa conduire jusqu'à l'estrade. Il était seul, cette fois. Le meneur de la réunion annonça que de nouvelles révélations venaient accabler Shēn qui devrait répondre, devant l'assemblée, de l'immoralité de sa conduite. Shēn n'écoutait pas, il avait développé, au cours de ces dernières semaines, une carapace auditive qui lui permettait de s'isoler des agressions verbales dont on le mitraillait, mais quand il vit Zhū monter sur scène pour prendre le micro, il frémit et attendit ses paroles avec anxiété. Elle était blême, ses cheveux coupés court, son regard empli de colère. Elle ouvrit son réquisitoire en dénonçant la dévotion de Shēn pour la culture bourgeoise avec laquelle il avait voulu l'endoctriner puis, les yeux rouges, perdus dans la foule, elle assena le coup fatal et l'accusa d'avoir abusé d'elle sexuellement, profitant de son autorité dans le foyer. Le garde qui tenait Shēn lui donna aussitôt un coup de pied violent dans l'entrejambe qui le fit basculer au sol. Il se releva péniblement : le leader de la réunion avait repris le micro, Zhū avait disparu, la foule hurlait, Shēn demeurait seul face à la haine et au mensonge. On lui demanda de confesser son crime : ses mains furent déliées, une feuille et un stylo lui furent présentés. L'homme au micro criait :

— Confesse ton crime, à moins que tu ne considères que la camarade Zhū soit une menteuse ? Admets ta faute et elle sera sauvée, nous oublierons ses mauvaises origines puisque désormais elle appartient aussi à la classe des abusés.

Shēn releva le visage vers le public et, dans les rangs serrés des étudiants, croisa un regard suppliant, les yeux qu'il avait cherchés en vain pendant leur ultime nuit d'amour : Zhū lui demandait-elle de la sauver ? En avait-il réellement le pouvoir ? Il n'avait rien d'autre à lui offrir. D'une main tremblante, il inscrivit sur le papier :

— Je confesse mon amour pour la camarade Zhū. Puisse mon crime la sauver.

Le Garde rouge lui arracha la feuille, lut le message à voix basse puis hurla :

— Il est coupable

La foule, emmenée par le leader, se mit à scander :

— À mort, le violeur !

Sous ces invectives, Shēn quitta la salle. Il n'entendait et ne sentait plus rien, comme si son âme avait déjà commencé à se retirer de son enveloppe charnelle, jetée en pâture à ces rapaces. Arrivés sous l'escalier, les gardes s'arrêtèrent pour attendre les instructions de leur chef. Shēn s'appuya contre la porte du débarras où l'on rangeait les ustensiles de ménage. Il perçut un murmure et reconnut la voix de maître Tan. Il récitait une prière et Shēn, reconnaissant le Cantique des créatures, l'accompagna de la mélodie de son erhu, fredonnée du bout des lèvres :

Loué sois-tu, mon Seigneur, pour ceux
Qui pardonnent par amour pour toi ;
Qui supportent épreuves et maladies ;
Heureux s'ils se maintiennent dans la paix,
Car par toi, Très-Haut,
Ils seront couronnés.

Aussitôt, ses gardes le frappèrent puis tambourinèrent sur la porte close en hurlant :

— Tais-toi vieux fou, on ne veut plus entendre tes prières !

Puis ils conduisirent Shēn au dernier étage, dans une salle de classe désertée. Il remarqua les portraits des compositeurs : leurs visages avaient été lacérés. Ceux de Bach et Beethoven encadraient une fenêtre, leurs regards intacts attiraient Shēn autant que la lumière de septembre qui irradiait la pièce. Des mains sans visage le poussèrent plus proche encore de la fenêtre ouverte. Au loin, un saule pleureur se balançait sous la caresse du vent et le chant de son feuillage fit frémir Shēn, il avait la même tonalité que sa mélodie du Cantique des créatures, celle de l'éternité. La pression dans son dos se fit plus forte. Des nuages s'amoncelèrent et emplirent le vide, créant cet espace entre ciel et terre dans lequel le souffle circule librement. Shēn suivit le vol d'une cigogne, sur son dos, il n'en doutait pas, elle portait un immortel. Le garde referma la fenêtre, le nom de Shēn fut inscrit sur la liste des professeurs, conjoints et étudiants du conservatoire ayant été conduits au suicide pendant la révolution culturelle.

V

La beauté est une rencontre. Toute présence
Sera par une autre présence révélée.
D'un même élan regard aimant figure aimée ;
D'un seul tenant vent d'appel feuilles de résonance.

François Cheng

Chapitre 13

Hong Kong, avril 2015

Xià pose la partition sur le lutrin et l'ouvre à la page *Mal du pays*. Cette pièce de Grieg figure parmi les cinq morceaux qu'elle présentera à son audition. À la lecture des notes, sa gorge se noue. Dans son dos, son père surveille ses doigtés, bat la mesure et la force à reprendre inlassablement. Il n'est pas là et, sans lui, elle est perdue. Elle repense aux années passées ensemble à Pékin quand il la réveillait aux aurores pour finir ses devoirs, la pressait de s'habiller pour partir à l'école, lui faisait réciter ses leçons dans le bus et orchestrait ses longues soirées passées sur son clavier. Cette énergie s'est évanouie à leur retour à Baoji, tout comme leur complicité et leurs rêves. Dans le Shaanxi, son père est redevenu l'homme distant du temps d'avant. Ses silences auxquels la musique avait su donner un sens ont retrouvé leur lourdeur impénétrable. Aujourd'hui, elle aimerait qu'il ait à nouveau confiance en elle et en son avenir, qu'il l'autorise à rêver pour lui ôter sa culpabilité de faire un choix égoïste.

Yolanda dépose une tasse de thé et des biscuits pour Xià, puis se rend dans la bibliothèque où dort Tillie.

Dans cette maison, tous encouragent la jeune pianiste à poursuivre son rêve, à commencer par le Steinway qui l'a réveillé. Xià reprend alors le passage enjoué du morceau, celui sur lequel elle bute sans cesse, incapable de libérer les joyeux papillons de la mélodie mélancolique dont ils sont prisonniers.

Dans la pièce voisine, Tillie entend la jeune chinoise lutter contre Grieg, elle semble en vouloir au compositeur d'exiger d'elle une contorsion de l'âme, en lui imposant de faire cohabiter la joie et la tristesse. Tillie l'appelle. Xià entre d'un pas mal assuré, consciente de son interprétation maladroite mais incapable d'avouer à son amie le doute que ce morceau lancinant fait refluer en elle. La vieille dame ne fait aucune remarque sur son jeu et lui demande de trouver l'enregistrement des *Pièces lyriques* de Grieg interprétées par Emil Gilels dans la bibliothèque où sont rangés ses vinyles. Xià monte sur l'échelle qui permet d'accéder aux étagères supérieures, le classement alphabétique rigoureux lui permet de sortir le disque. En découvrant le visage en clair-obscur du pianiste russe, son cœur se serre : c'est la même couverture que sur le CD qu'elle écoutait avec son père. Elle se souvient qu'elle épiait alors ses expressions tels des mots silencieux qui lui révélaient tant de choses jamais dites : ses yeux gonflés de larmes, ses dents serrées, l'esquisse d'un sourire à la commissure des lèvres, le froncement inquiet de ses sourcils, l'abandon paisible derrière ses yeux clos… Perchée en haut de l'échelle, elle a le sentiment d'un souvenir vertigineux, elle ne sait plus : peut-être a-t-elle imaginé ce dialogue muet entre eux ? Qu'y a-t-il de tangible dans la musique ? Comment peut-elle envisager de construire sa vie sur des émotions ? Húdié aboie à ses pieds. Xià descend, place délicatement le vinyle sur le tourne-disque, libère la tête de lecture et, la main tremblante, la pose sur le disque : le premier frôlement passé, le toucher délicat de Gilels emplit la pièce de la poésie de l'*Arietta.* Tillie fait signe à Xià de s'asseoir mais la jeune femme ne bouge pas, seul son regard parcourt la pièce : son exceptionnelle hauteur sous plafond, ses immenses bibliothèques en bois, son mobilier ancien, tous ces oiseaux qui semblent près de quitter le papier peint pour virevolter autour de la magicienne des lieux, rien de tout cela n'est réel. Tillie ferme les yeux, son souffle s'épaissit, elle glisse vers l'univers des songes. Bientôt, elle s'y envolera pour toujours, pense Xià, et tout cet univers s'évanouira avec elle. Son rêve aussi.

Sa convocation et ses partitions dans son sac, Xià s'engouffre dans les couloirs du MTR et disparaît dans le flot des voyageurs anonymes ; son destin se fond dans ce mouvement du quotidien. Elle n'a pas suffisamment travaillé, c'est une évidence. Elle n'y croit pas, c'est certainement bien pire. Renoncer ? Elle y pense. Elle a voulu prévenir Tillie mais n'en a pas eu le cœur. Du fond de son lit, la vieille dame trouve encore l'énergie pour lui parler avec passion de New York, de son appartement sur West End Avenue dans lequel elle pourra s'installer, d'où elle ira à pied à la Juilliard, où le Steinway Papillons l'accompagnera à défaut de pouvoir le faire elle-même. Cela semble tracé, comme un miracle du sort.

Pourtant, tout la pousse à tirer un trait sur cette aventure irréaliste. Sa mère l'a prévenue d'une rechute de son père qui a dû être hospitalisé : bien qu'on ne lui ait jamais dit de quel mal il souffre, Xià a fini par comprendre qu'il est rongé par une dépression sévère. Il n'a pas d'emploi, ses rares tentatives pour travailler se soldent par des échecs. Cela provoque la colère de sa mère puis ses pleurs, toujours suivis d'un regain d'inquiétude. Combien de fois Xià s'est entendu dire par sa mère de surveiller son père ? Elle n'a jamais su pourquoi c'était à elle de veiller sur lui : quel danger peut-il bien encourir ? L'ombre qui pèse sur leur foyer à Baoji, chargée de tous ses non-dits, la suit jusqu'à Hong Kong. Comme toujours, Xià cherche la lumière, celle qui pourrait adoucir la vie de ceux qu'elle aime. Elle vient de recevoir une offre de stage pour être analyste dans une banque, elle touchera un vrai salaire pendant toute la coupure estivale. Cela semble tracé, comme la voie de la raison.

Sur la banquette en face d'elle, une fillette dans sa robe d'uniforme à col Claudine tient, serré contre son buste frêle, un étui à violon. À côté d'elle, son père pianote sur son téléphone portable. L'écolière ne sourit pas, ses yeux sont cernés par la fatigue, une profonde lassitude se lit dans son regard. Où est la joie de l'enfance sur ce visage déjà usé par la pression parentale ? s'interroge Xià. Réussir, il n'y a pas d'autre chemin en ce monde et l'apprentissage de la musique fait partie de cette marche uniformisée vers l'excellence. Parmi tous ces petits soldats armés de leurs instruments, combien seront touchés, au plus profond de leur être, par le mystère de la musique ? Xià a envie de souffler à l'oreille de l'enfant de chérir son violon comme son meilleur ami, car peut-être détient-elle entre ses mains le secret de son harmonie au monde mais elle désire tout autant la mettre en garde contre le danger de pénétrer dans cet univers intense, riche en émotions et plein de promesses de liberté.

Le temps de cette traversée souterraine, le ciel s'est obscurci et Xià est accueillie dans la rue par une pluie diluvienne. Elle regarde sa montre, il ne lui reste plus que dix minutes, elle n'a pas le temps d'attendre une accalmie, ni de retourner dans la station acheter un parapluie. Elle vérifie, une dernière fois sur son portable, le chemin à suivre et se met à courir sur Kings Road : les immeubles se ressemblent tous, de grandes barres rectangulaires aux façades délavées au pied desquelles se succèdent une multitude d'échoppes aux enseignes lumineuses. Elle dépasse le numéro cherché, fait demi-tour et constate qu'on ne peut y accéder que par une ruelle transversale. L'escalier étroit qui mène au deuxième est sombre, Xià sursaute en entendant les canalisations qui circulent au plafond puis en percutant un homme qui sort d'un salon de massage au premier. Elle croit s'être trompée d'adresse mais une flèche perdue dans le patchwork d'affiches publicitaires indique : « Piano studio, Deuxième étage ». Sur le palier, elle se heurte à une porte vitrée sur laquelle est fixée une affiche : « Audition Juilliard », au-dessus, elle aperçoit son reflet défiguré par la pluie. Les larmes coulent sur ses joues et emportent ses derniers espoirs.

Une femme vient à sa rencontre, lui demande sa convocation ainsi qu'une pièce d'identité. Elle lui indique un tabouret sur lequel attendre et lui fait signe de rester silencieuse. Xià aimerait fuir mais se sent observée par la gardienne des lieux. Il est trop tard. L'air conditionné souffle sur ses vêtements mouillés ; grelottante, elle se sent misérable. Elle pense alors à son père : qu'éprouve-t-il ? Pourquoi est-il si malheureux ? A-t-il lui aussi perdu ses espoirs ? Et maintenant, que fait-il à l'hôpital toute la journée ? Peut-il au moins jouer au mah-jong ? Rêve-t-il à ses combats de criquets ? Comment soigne-t-on la dépression ? Quelle musique pourrait-elle jouer pour le consoler ? L'arietta de la dernière sonate de Beethoven, l'*Opus 111*... et elle sort la partition humide de son sac. Elle parcourt les premières portées, tout y est calme, les tracas du monde n'y ont pas leur place, les fausses exigences, les espoirs brisés s'évanouissent dans les nuées, seule subsiste la paix intérieure.

— Alors, puisque ce passage semble absorber toute votre attention, je propose que nous démarrions cette audition avec lui !

Ces paroles, prononcées d'une voix autoritaire, font sursauter Xià. Elle relève la tête : une femme très mince, les cheveux blond cendré, tirés dans un chignon de danseuse, la dévisage. Xià la suit dans une salle insonorisée où un autre membre du jury, un homme roux tout en rondeur, l'accueille avec un sourire. Sur leur table, elle voit son CV et pense au vide musical qui y emplit les années 2009-2014 : tout ce temps sans pratiquer, à perdre la dextérité si chèrement acquise et, pourtant, c'est dans l'absence qu'elle a pris conscience de la vraie place de la musique dans son existence, une place qui dépasse tous les prix d'excellence. La musique n'est-elle pas l'expression d'une force vitale et intérieure qui l'habitera toujours, quel que soit le chemin imposé par son devoir ?

Elle salue le jury, prend place sur le tabouret, observe le clavier, respire profondément et oublie tout ce qui l'a conduit jusqu'ici. Elle ne tremble pas, n'hésite pas davantage : les notes se délient lentement sous ses doigts, portées par les silences, dans une gravité sereine. Xià chemine vers la ligne de crête : une ascension progressive, un rythme cardiaque qui s'accélère avec la mélodie, l'excitation à la vue des sommets environnants, une détermination de plus en plus affirmée dans l'effort, le souffle qui s'emballe à l'approche de l'extase, l'envie d'aller plus vite, l'impatience de l'enfance, la joie incandescente, le corps qui tremble dans sa solidité, près d'atteindre le point d'équilibre, celui où la souffrance s'évapore dans un chant lumineux qui éclaire les ténèbres de l'âme. Elle sourit.

— Je crois que nous en avons suffisamment entendu, Mademoiselle. Nous vous remercions et vous souhaitons bonne chance.

Xià perçoit un léger tremblement dans la voix de l'examinatrice qu'elle n'ose pas regarder. Elle se tourne vers l'autre juré qui écrit de manière frénétique dans son carnet. Quand elle prend congé d'eux, il lève enfin la tête : son expression pleine de gratitude la touche au cœur. Elle a été si sincère dans son jeu, il est temps qu'elle le soit avec Tillie. Elle n'ira pas étudier la musique aux États-Unis mais elle continuera à jouer pour son amie, pour son père, pour sa mère et pour elle.

Tillie quitte son lit. Avec l'aide de Yolanda, elle enfile un chemisier en soie blanche et un pantalon en crêpe vert pomme. Elle met ses bijoux, un à un : ses bagues, sa montre ainsi qu'un long collier de jade impérial. D'une main tremblante mais sûre, elle coiffe ses cheveux cotonneux, trace un trait brun sous ses yeux clairs et colore ses lèvres d'une teinte corail. Prenant appui sur Yolanda et sur sa canne, elle va s'installer sur le canapé du salon et attend les administrateurs de sa fondation. Ponctuels, ils arrivent en même temps que le plateau du thé. Les deux hommes sont anxieux, cette convocation impromptue les a pris de court. Tillie n'attend pas pour leur exposer les changements qu'elle souhaite apporter à sa succession. Ils échangent des regards surpris : la vieille dame n'a jamais modifié les dispositions arrêtées avec son époux avant sa mort. Tillie s'est déjà entretenue par téléphone avec son avocat aux États-Unis, afin de préparer les papiers qui lui permettront de léguer l'appartement familial de West End Avenue à Xià. Elle souhaite également lui faire don de son Steinway et organisera son transfert à New York dès l'été. Anticipant leurs contestations, elle enchaîne sur une autre annonce : elle leur donne son accord pour la démolition de la maison avant la fin de l'année. Cela fait longtemps qu'ils cherchent à la convaincre, pressés par les promoteurs immobiliers qui ont racheté le terrain en viager dans le but d'y construire une tour. La longévité de Tillie est venue contrecarrer le calendrier des investisseurs qui multiplient les offres financières pour la décider à partir. Tillie n'est pas dupe, elle sait que ses deux hommes de confiance seront récompensés gracieusement par les promoteurs si elle accepte de quitter les lieux de son vivant. Aussi n'est-elle pas surprise de les voir se plier à toutes ses volontés sans protester. Une fois son plan exposé et accepté, elle sonne la cloche pour appeler Yolanda et lui demander de la raccompagner jusqu'à son lit.

Allongée dans la bibliothèque, Tillie visualise la villa. Dès que son mari la lui a montrée, elle est tombée sous le charme. C'était pendant les années soixante-dix, le quartier de Happy Valley était pourtant en chantier : les petits immeubles et maisons individuelles étaient en train d'être remplacés par de hautes tours résidentielles. Au cœur de cet ébranlement, la maison résistait et cette fierté obstinée lui avait plu. Mais aujourd'hui, les deux vieilles dames sont lasses d'être les seules survivantes de générations passées, écrasées par la pression d'un monde allant toujours plus vite, dénigrées par tous ceux qu'elles entravent, toutes deux sont prêtes à disparaître...

Tillie se réveille en sursaut : elle s'est vue mourir, seule, sous les décombres de la maison. Elle aimerait se lever, aller jusqu'à son piano et jouer pour chasser l'angoisse du vide. Xià n'est pas venue après son audition, elle ne répond pas au téléphone non plus. Tillie a besoin de l'entendre jouer, de sentir sa présence et celle de ceux qu'elle a aimés. Le silence pèse, comme il pesait dans l'appartement de West End Avenue après la mort de sa mère, lorsque son cœur n'était plus qu'un cimetière. Elle ne veut pas partir ainsi, sans musique, sans Xià, sans amour.

Chapitre 14

Extraits du journal de Tillie

New York, 16 avril 1968

Je regarde cette boîte d'allumettes et je pense qu'il y a peut-être encore un peu d'espoir, comme il y en a eu ce soir.

J'ai d'abord cru que ce concert serait un échec. Un peu comme tout ce que je fais depuis mon retour à New York... Je ne vois pas pourquoi les choses seraient différentes avec ce nouveau travail à Carnegie Hall. Cela fait à peine quinze jours que j'ai démarré dans cette équipe d'organisation des concerts et nous n'avons eu à gérer que des problèmes. Cet après-midi, Irina Svobodskaya a fait une scène en pleine répétition, elle est partie avant la fin et jusqu'à ce qu'elle n'arrive titubante, une heure avant son entrée sur scène, nous n'étions pas certains qu'elle viendrait. Je crois que Daniel Barenboim s'était déjà préparé à l'éventualité de diriger l'orchestre depuis le piano. Dans sa loge, nous l'avons entendue se disputer avec son mari et agent dans un français maladroit, ponctué d'insultes en russe. Quand elle est sortie, elle n'a pas eu un mot d'excuse pour ses emportements insultants envers les autres musiciens.

J'ai suivi le concert depuis la salle de régie. Le visage renfermé de la pianiste y apparaissait en plein écran. Je n'y lisais que de l'aigreur. Des traits désertés par la joie.

J'ai repensé à la jeune femme que j'avais accueillie chez Steinway dix ans plus tôt. Je viens de retrouver dans un de mes carnets ce que j'avais écrit ce jour-là :

J'ai fait la connaissance d'une jeune femme extraordinaire. Une pianiste russe, réfugiée à Paris après avoir déserté l'URSS l'an dernier. J'ai pensé à toi, Pa, tu aurais aimé la connaître. Je l'ai accompagnée au Basement, elle nous avait adressé une requête, elle souhaitait jouer sur le même instrument que Rachmaninov, j'avais donc fait préparer ton piano préféré. Si tu avais vu son émotion en posant ses mains sur le clavier, j'ai cru qu'elle n'arriverait pas à jouer jusqu'à ce qu'elle n'enchaîne une série de préludes avec virtuosité. Je n'ai aucun doute que son interprétation du Concerto n° 3 sera époustouflante. Il y a chez elle un tel appétit de vie, mêlé à une grâce enfantine et une curiosité sans limites. On sent qu'elle est avide de découvrir tout ce dont sa jeunesse en Union soviétique l'a privée. Je te dirai si elle a l'étoffe d'une immortelle, j'ai un excellent pressentiment à son égard.

Quelle transformation en dix ans. Aurait-elle rejoint le même camp que moi, celui des blessés de la vie, des mélancoliques et des aigris ?

Une écorchée vive, prête au combat : c'était ce qui transparaissait dans son interprétation du premier mouvement du Concerto n° 3 *de Beethoven, une lutte entre elle et l'orchestre auquel elle cherchait à imposer son rythme en allant plus vite que le tempo donné par le chef. Je souffrais pour Barenboim qui tentait, avec une sérénité et une fermeté chahutées, de réconcilier les musiciens avec la soliste. Ce premier mouvement, pourtant joué au pas de course, m'a paru interminable ; la pause avant le deuxième l'a* réellement été. Des murmures bruissaient dans le public alors qu'Irina gardait ses mains nerveuses sur ses genoux. On l'a alors vue glisser ses doigts dans la poche de sa robe, y saisir quelque chose qu'elle a serré fermement dans sa paume avant de l'y redéposer. La salle est redevenue silencieuse. Sans un regard pour le chef, la pianiste est allée chercher dans les profondeurs de son être des notes si délicates qu'elles m'ont semblé posées à l'extrême pointe du cœur, là où la joie et la tristesse se rencontrent pour atteindre une vérité sincère, là où l'expression la plus intime éclôt pour libérer le chant d'une âme, prête à épouser un souffle plus grand qui embrasse, console, porte vers la lumière. J'en étais émue aux larmes. Et mon émotion s'est fondue dans la réponse généreuse de l'orchestre qui s'est montré prêt à incarner ce souffle, malgré les foudres reçues.

Il n'y a eu aucune pause avant le troisième mouvement : l'orchestre et la soliste se sont saisis de ce moment d'entente inespéré pour porter au plus haut la musique de Beethoven. Le silence tout juste revenu, une vague d'applaudissements a déferlé vers la scène. Un enthousiasme partagé en coulisses. Dans un instant de trêve, portés par cet élan musical, le chef d'orchestre et la pianiste ont salué, main dans la main.

Irina s'est retirée sans un regard pour les autres musiciens tandis que Daniel Barenboim a pris le temps de remercier, un à un, chacun des chefs de groupe et des solistes. Malgré les applaudissements, elle n'est jamais revenue. L'orchestre s'est alors dispersé, sur l'écran je ne voyais plus que le piano, seul en scène. Ton piano, Pa. L'espace d'un instant, j'ai cru te voir au clavier et t'entendre jouer l'Adagio. J'aurais aimé m'asseoir à tes côtés, poser ma tête sur ton épaule, retrouver toute ta tendresse. As-tu entendu les paroles que j'ai soufflées à *ton oreille ? Pa, fais que ma joie revienne, que mon cœur sourie à nouveau, pour pouvoir aimer et être aimée !*

Une assistante est venue me chercher, Irina était partie sans rencontrer les journalistes. J'ai répondu à leurs questions à sa place, excusé son départ précipité par sa grande fatigue et souligné la sensibilité de son jeu, notamment durant le deuxième mouvement, elle nous avait offert un instant de grâce d'une grande rareté.

Je me suis ensuite rendue dans sa loge. Dans le miroir, j'ai vu le reflet d'une femme de bientôt cinquante ans, au regard dur et aux traits fatigués. J'allais éteindre les lumières de la coiffeuse quand mon regard s'est porté sur une boîte d'allumettes aux couleurs vives, décorée d'une affiche de propagande soviétique. Je l'ai secouée, ai entendu quelques perles s'entrechoquer, puis l'ai ouverte avec curiosité : elle contenait des grains rouges ainsi qu'un billet. Sur le papier jauni étaient inscrits des caractères chinois et des lettres russes dont l'agencement parfait révélait la forme poétique. J'ai porté la boîte à mon cœur en pensant à Joseph. Quand nous étions enfants, je dissimulais des messages secrets dans des écrins similaires, j'en ai retrouvé plusieurs après sa mort dans son étui à violoncelle.

Un si petit objet peut contenir tant d'amour, il faudra le rendre à Irina.

* *
*

New York, 17 avril 1968

Les haricots rouges poussent dans le Sud
Au printemps ils abondent dans les arbres
Si vous en rassemblez une pleine poignée
Ils raviveront vos souvenirs les plus chers

Je connais désormais la signification de ce poème chinois. Ces grains rouges dans la boîte d'allumettes d'Irina, de qui peuvent-ils porter le souvenir ? Une âme aimée dans le passé, peut-être celle qu'elle a fait chanter sur son clavier dans ce deuxième mouvement si émouvant ?

Chère Irina, m'autorisez-vous à joindre mes grains rouges aux vôtres ?

Chères âmes aimées qui m'accompagnez, si vous saviez comme j'ai envie de vous faire chanter, l'écho de votre amour me porte, me révèle la vie qui est en moi, nourrit ma confiance et mon espérance.

Grâce à lui, je le sais aujourd'hui. Ce n'était pourtant pas notre première rencontre... Maintenant je suis convaincue qu'il fait partie, lui aussi, de mes précieux grains rouges.

J'ai pourtant hésité à sortir ce matin mais, après l'orage de la nuit, j'avais besoin d'entrevoir la lumière. L'air était encore froid : j'ai remonté le col de mon manteau tout en me félicitant d'avoir enfilé mes bottes en cuir. J'ai traversé la rue en courant et allais poursuivre mon chemin au même rythme quand la présence médusée d'un homme devant la vitrine de Steinway Hall m'a interpellée : quel instrument pouvait à ce point captiver son attention ? Curieuse, je me suis approchée et ai reconnu un modèle ancien en bois d'acajou dont la ceinture était sculptée d'une frise florale, une pièce rare créée par le Département artistique. Impossible de me retenir, j'ai informé l'homme, toujours de dos, qu'il s'agissait d'une pièce unique, datant de 1910, un cadeau de Charlie Steinway à sa femme. Ce à quoi il m'a répondu avec humour qu'il savait Steinway très commercial mais ne se doutait pas que les vendeurs venaient jusque sur le trottoir pour attirer les clients. J'allais corriger sa méprise quand il s'est tourné vers moi, nos regards se sont croisés et, nous reconnaissant, nous nous sommes esclaffés. En lui tendant la main, je lui ai demandé s'il se rappelait de moi. Sans une hésitation, il m'a répondu qu'il se souvenait parfaitement de notre rencontre à la Scala, il y a trois ans, au concert de notre ami Don Shirley. Il n'avait pas oublié notre discussion au Bar Basso. *Il avait espéré m'escorter à Assise mais j'avais disparu le lendemain. Il y était allé seul. La gorge serrée, j'ai murmuré que j'avais été rappelée à New York, auprès de ma mère mourante. Sa réponse m'a surprise : il a parlé d'un rendez-vous manqué avec Dieu ; n'étais-je pas partie à sa rencontre à Leipzig ? Il a immédiatement perçu mon trouble et ajouté que ce soir-là nos âmes perdues s'étaient reconnues dans une même quête, qu'il avait espéré me retrouver un jour.*

Déconcertée, je suis restée un moment sans voix. Il a ri à nouveau, a repris ma main et, en la serrant, m'a rappelé son nom : Vince, Vince Fù. Lui n'avait pas oublié le mien. Il m'a alors proposé de l'accompagner pour une dernière promenade dans Central Park avant son retour à Hong Kong le soir même. Je l'ai dévisagé longuement avant de lui répondre : ce regard pénétrant, ce visage lisse, inspirant douceur et sagesse, je les avais étrangement effacés de ma mémoire pendant ces trois années et pourtant, en sa présence, j'avais le sentiment qu'il n'avait jamais été très loin de moi.

J'ai accepté sa proposition et l'ai écouté avec émotion m'expliquer qu'il souhaitait s'imprégner du printemps : humer le parfum sucré des chèvrefeuilles, épier les premiers perce-neige, admirer l'éclat des forsythias, se rappeler qu'au chagrin hivernal succède toujours la poésie printanière, que la joie est perpétuelle renaissance, qu'elle s'épanouit dans la confiance de l'éternel retour.

Il a hélé un taxi et demandé qu'on nous dépose au Musée d'histoire naturelle. Constatant ma surprise, il m'a dit avec toujours le même sourire aux lèvres qu'il me sentait pressée et voulait m'emmener directement là où nous avions rendez-vous. Je m'étonnais de ce rendez-vous, aussi s'est-il empressé d'ajouter qu'il avait le sentiment que je n'avais toujours pas rencontré celui que je cherchais lors de notre rencontre à Milan. Sa remarque m'a irritée et d'une voix malgré moi chevrotante, j'ai affirmé qu'il se trompait, que je ne me souvenais pas de ce que j'avais pu lui dire ce soir-là, que c'était alors une période très difficile pour moi, que j'avais échoué à suivre les traces de mon frère à Leipzig, que j'arrivais de Bayreuth où il était mort pendant la guerre, que j'avais le cœur meurtri et que j'étais avide de n'importe quelle parole qui aurait pu me consoler. C'était sans doute ce qui m'avait poussée à évoquer Dieu ou une quête de Dieu, surtout après avoir bu quelques cocktails. Il se trompait s'il croyait pouvoir prêcher quoi que ce soit auprès de moi. Il valait mieux nous séparer. Sans se départir de son calme, il m'a répondu qu'il ne prêchait rien, ne détenait aucune vérité, aucun savoir, qu'il se contentait de regarder, de s'émerveiller, de recevoir et, autant qu'il le pouvait, de partager. Que partagez-vous ? lui ai-je demandé avec une pointe d'ironie. Il n'a pas hésité dans sa réponse : il n'avait pas de mots, ne pouvait que me montrer, vivre cet étonnement joyeux avec moi, si j'étais prête à lui faire confiance.

J'étais troublée par ses propos illuminés mais, intimement, je savais déjà que je pouvais lui faire confiance. Je l'ai suivi dans le parc, dans les allées sinueuses et boisées du Ramble, la forêt de mon enfance, celle où, avec Joseph, nous jouions à cache-cache, épiions les oiseaux, remplissions nos poches de feuilles d'or, partions à la chasse aux écureuils, sifflions dans le vent, invoquions nos amis imaginaires, les trolls, les fées et les génies. Au cœur de mes rêveries enfantines, j'ai vu Vince s'approcher d'un vieux chêne au tronc large et solide sur lequel il a posé sa main avec la tendresse d'une caresse. D'une poche de son manteau, il a sorti un quignon de pain qu'il a émietté sur le sol. Un geai à la huppe et à la queue bleu cobalt est apparu sur l'une des branches et a lancé un cri strident qui m'a pincé le cœur et ramenée à ce printemps. La seconde suivante, l'oiseau picorait aux pieds de Vince, bientôt rejoint par d'autres qui semblaient s'amuser de la présence de cet homme dont le plumage, court et dru, habillait une tête ronde. Je l'observais : immobile au cœur de la forêt, à l'écoute du silence, le regard fondu dans l'humus. Nimbée d'une lumière ocre, floutée par l'ombre dansante des arbres, la silhouette de cet ami venu de loin épousait les formes de ce paysage si familier et dansait entre ciel et terre, dans un espace affranchi de toute temporalité. D'un autre monde.

Soucieuse de ne pas troubler son état méditatif, je me suis assise sur un banc : les grands arbres au feuillage naissant souriaient avec humilité tandis que les cerisiers en fleurs exultaient fièrement. La joie se déclinait sous toutes ses formes sans raison si ce n'était celle d'être, de renaître, encore et toujours. Vince m'a rejointe. D'une branche du ginkgo sous lequel je m'étais assise, il a cueilli un bourgeon tout juste éclos d'où avaient émergé quelques feuilles miniatures ainsi qu'un épi portant de délicates poches qui regorgeaient de pollen. Dans ce bouquet, tout était fini, tout était promesse. Il en a détaché une feuille qu'il m'a tendue : elle était une, elle était deux, scindée et unie. J'ai sorti de ma poche la boîte d'Irina pour y glisser la feuille. Vince m'a regardée, étonné, et c'est alors que je me suis souvenue du poème écrit en chinois. À mon tour, je lui ai tendu la feuille de papier qu'il a dépliée avec soin : à sa lecture silencieuse, des larmes ont fait briller ses yeux noirs. Il a prononcé d'une voix chantante les vers du poète Wang Wei :

紅豆生南國，
春來發幾枝。
願君多採擷，
此物最相思。

Croisant mon regard interrogateur, il m'en a fait la traduction. Puis, avec émotion, il a ajouté que ces vers contenaient, pour lui, le souvenir de tant d'âmes aimées, la mienne y serait désormais aussi associée. Il savait que nous avions le même rendez-vous. Dans notre rencontre, IL nous révélait davantage. Malheureusement, il était temps pour lui de me raccompagner. En silence, nous avons fait le chemin inverse. Le sentier était bordé de jonquilles, je m'étonnai de ne pas avoir remarqué leur éclat à l'aller. La main dans ma poche, je tenais, tout contre moi, la boîte d'Irina, cet écrin nostalgique venait de m'offrir un signe d'espérance. J'ai alors pensé aux mots de Joseph, au message qu'il avait reçu à Leipzig :

Au rythme des variations, j'ai vécu mille vies, celles de ces âmes disparues qui un jour ont aimé, pleuré, dansé, célébré la vie puis souffert, avant d'être englouties par des flots injustement tumultueux. Je me suis senti traversé par ces flots, par ce courant vital, cet éternel retour. Alors j'ai compris que ma musique ne serait plus jamais la même, puisque désormais elle porterait l'écho de ces voix, de ces cœurs, elle serait emplie de leur souffle, de leur vérité.

J'ai ressenti le désir brûlant d'accueillir cet appel venant de loin, de faire résonner, en moi, l'écho de la vie. J'avais à nouveau confiance. Ma présence en ce monde aurait un sens tant que j'accepterais d'ouvrir mon cœur, de faire chanter mon âme et toutes celles que j'ai aimées. L'évidence de cette révélation, au cœur de ce parc si cher, m'a emplie de joie, une joie trop entière et soudaine pour être exprimée avec des mots, une joie qui ne pouvait transparaître que dans un sourire de gratitude.

Le taxi s'est arrêté devant Carnegie Hall, en face de la vitrine de Steinway. J'ai demandé à Vince s'il jouait au piano et s'il avait l'intention d'en acheter un. Il m'a répondu qu'il ne jouait pas mais aimerait en acheter un pour sa maison à Hong Kong. Il a parlé de son enfance bénie, bercée par l'amour inconditionnel de sa mère qui ne l'exprimait jamais aussi bien que sur son Steinway. Il rêvait d'une vieillesse bercée par une telle musique. Pour exaucer ce rêve, il lui faudrait un piano mais surtout, une pianiste. C'était la raison qui le conduisait devant cette vitrine à chacune de ses visites new-yorkaises, depuis trois ans. Avant de nous quitter, il a demandé s'il pouvait m'écrire, il avait le téléphone en horreur, parce qu'il trompait l'instant par l'illusion de la présence et laissait un vide que seuls les mots écrits pouvaient combler.

Ce soir, j'écris pour m'assurer que tout cela n'est pas une illusion, pour marquer à jamais sur le papier la singularité de cette rencontre et continuer à la faire vivre.

Ensemble, même séparés. Peut-être en sera-t-il toujours ainsi désormais.

* *
*

En vol entre New York et Hong Kong, avril 1973

Ici le temps s'arrête. Il y a tout ce que je quitte. New York qui s'évanouit, dont je ne vois plus que les tours jumelles, propulsées vers le ciel. Ma ville, ma vie, mes souvenirs, vus d'ici, vous semblez tenir au creux de ma main.

Il y a tout ce qui m'attend. L'horizon infini du ciel que mon regard embrasse avec confiance. L'avenir, ses promesses, les lettres de Vince, je vous tiens dans mon autre main. Je les joins en prière pour porter haut le cri de mon cœur : MERCI.

19 avril 1968

Chère Mathilda,

Je vous écris cette lettre alors que je suis dans les airs, quelque part au-dessus du Pacifique : le soleil levant projette l'ombre de notre avion sur les nuages ; parfois, une percée dans les nuées me laisse entrevoir l'horizon marin. Saisi entre ces deux infinis, je pose les mots qui m'ont guidé vers vous.

Lorsque nous nous sommes rencontrés à Milan, j'étais en partance pour Hong Kong, je quittais ma vie d'universitaire américain, celle qui avait été la mienne pendant les trente dernières années, rappelé à mon destin chinois par mon grand-père maternel, un patriarche prêt à transmettre l'œuvre de sa vie à son unique héritier. Je m'apprêtais à changer d'identité, renonçant au nom de mon père pour prendre celui de ma mère, Fù : peut-on refuser de se soumettre à son devoir familial ? Peut-on tourner le dos à une grande fortune ? J'avais décidé que je n'avais pas le choix et subir me rendait profondément malheureux. Je n'avais personne à qui m'ouvrir de mes doutes – on ne peut décemment avouer, même à ses amis les plus proches, qu'hériter puisse être un fardeau. Arrivé en Italie, j'étais rattrapé par une autre douleur, celle que plante la solitude dans un cœur qui a connu la joie d'être aimé de manière inconditionnelle dès ses premiers battements. L'absence de ma mère, disparue lorsque j'avais vingt ans, redevint soudainement insoutenable : son regard aimant, celui qui m'avait accompagné au-delà de sa mort, m'avait quitté, le dialogue continu de nos âmes s'était tu… et cela parce que mon esprit rationnel avait peu à peu chassé tous les signes de sa présence. J'étais seul.

Seul, assis sous les ors de la Scala, j'attendais avec impatience l'entrée, sur l'une des scènes classiques les plus prestigieuses du monde, de notre ami Don Shirley et de la musique de Gershwin quand vous êtes venue vous asseoir à côté de moi. Nous n'avons eu le temps d'échanger qu'un sourire poli, déjà les premières notes de *Rhapshody in Blue* faisaient frémir la salle et vos doigts couraient sur un clavier imaginaire. Sur votre visage : rien, pas l'ombre d'une émotion. Jusqu'aux premiers accords de *Summertime* : à cet instant, j'ai vu vos lèvres accompagner la musique de paroles muettes, des larmes remplir vos yeux brillants puis couler le long de vos joues. Je fus bouleversé par l'écho que votre émoi trouva en moi, la puissance avec laquelle il vint briser un mur de solitude. Votre regard s'est posé sur moi, vous avez perçu mon trouble et, loin de vous en détourner, vous l'avez accueilli avec douceur. N'aurais-je été aussi pudique, je vous aurais pris la main. Ce n'est que plus tard, après un dîner festif autour de notre brillant ami, lorsque nous nous sommes retrouvés seuls au bar, que j'ai osé vous retourner ce regard. J'y ai retrouvé la même sincérité que dans l'obscurité. Nous étions deux inconnus, deux solitudes tendues vers cette rencontre, vers les confessions intimes réservées pour cet instant. Vous m'avez parlé de votre quête de sens sur les traces de votre frère jumeau, de votre poursuite de la joie perdue, de votre projet de vous rendre à Assise chez saint François. À l'évocation du saint, je récitai ces vers, surgis de l'oubli :

Loué sois-tu, mon Seigneur,
Pour frère Feu
Par lequel tu éclaires la nuit :
Il est beau et joyeux,
Indomptable et fort.

Et sans réfléchir plus longuement, sans mentir non plus tant l'évidence était foudroyante, je vous affirmai que c'était à Assise que je me rendais, moi aussi, après Milan. Chacun à notre trouble, nous nous sommes séparés ce soir-là, nous donnant rendez-vous en Ombrie.

Ce voyage ne m'a pas conduit à vous, ou maintenant je peux l'affirmer, pas directement. Dans la voiture qui m'emmenait vers Assise, j'ai entendu la voix de ma mère récitant le Cantique des créatures jour après jour ; je me souvenais de chaque mot : comment avaient-ils pu s'effacer de ma mémoire pendant tant d'années et miraculeusement ressurgir ? J'observai avec émerveillement la campagne ombrienne : ses collines verdoyantes, ses champs de fleurs s'étendant à perte de vue et ses vignes en éveil. Je demandai au chauffeur de s'arrêter pour cueillir les premiers coquelicots et les admirai avec mon regard d'enfant, rendant grâce pour tant de beauté. À Assise, nous trouvâmes une ville morte et le chauffeur dut me déposer à ses portes, car la circulation était fermée pour les processions du Vendredi saint, j'avais omis que nous étions en pleine Semaine sainte. Je lui laissai ma valise pour suivre, à pied, la procession des confréries de la ville qui escortaient le corps du Christ depuis la basilique Saint François jusqu'à la cathédrale Saint-Rufin. Là, incrédule, je pris place sur une chaise, caché derrière un pilier, et j'assistai à cette veillée funèbre. L'église, pleine, bruissait d'un silence mortuaire. Je frissonnai. Aussitôt, ma voisine, une vieille femme, ôta son châle et le déposa sur mes épaules avec la bienveillance d'une mère. Ses yeux me souriaient et, dans ce sourire, je vis le reflet de l'amour tel qu'il s'était offert à moi tout au long de ma vie sous les traits vénérés de ma mère, ceux de mon *āyí* An, de mes grands-parents, de mes amis mais aussi de nombreux inconnus, porteurs de cette force vitale. Ma voisine se leva, posa sa main sur mon épaule et me fit signe de garder son vêtement. Elle avança en claudiquant, portée par deux jambes malades aussi fines et malhabiles que celles de ma mère, et se mit dans la file des croyants qui allaient embrasser les pieds sanglants du Christ. Je la suivis. Devant le crucifix, je tombai à genoux. Relevant les yeux en direction du Christ, je rencontrai son regard : dans sa souffrance, il n'était qu'amour. À cet instant, je crus. Depuis, cet appel souverain domine ma vie, c'est lui qui m'ancre et me meut tout à la fois.

Vous m'avez indiqué ce chemin. Je savais qu'un jour je pourrais vous remercier en vous offrant mon amitié. J'espère que vous l'accepterez.

Votre ami,
Vince Fù

* *
*

Bombay, octobre 1971

Chère Mathilda,

C'est le cœur troublé que je vous adresse cette lettre. Comme je vous l'avais promis, au retour de mon voyage au Karnataka, lors de mon escale à Bombay, je suis allé rendre visite à vos amis, Roger et Lalita, au *Blue Butterfly*. La maison était telle que vous me l'aviez décrite : un havre de paix, niché dans un écrin floral. Malheureusement, il m'est tout de suite apparu qu'elle était mal entretenue, j'ai compris après que le couple manquait de moyens pour assurer les travaux de rénovation nécessaires.

L'après-midi était plaisante et nous nous sommes installés sur la terrasse. J'avais apporté les cadeaux que vous souhaitiez leur faire : du parfum pour Lalita et des cigares pour Roger. Le Français ne s'est pas joint à nous, apparemment il était indisposé. J'ai conversé avec sa femme qui s'est montrée si prévenante à votre égard. Elle m'a surtout parlé du plaisir immense que vous leur procuriez lorsque vous jouiez au piano. Elle a regretté que, depuis votre passage, l'instrument fût redevenu silencieux. Son époux refuse catégoriquement que les clients de la pension y touchent. Je m'étonnai que lui-même n'en jouât pas puis me rappelai qu'on pouvait rêver de posséder un tel instrument juste dans l'espoir que quelqu'un en joue pour vous...

Curieux de découvrir le piano sur lequel vous aviez passé tant d'heures à jouer, j'ai demandé à le voir. Lalita m'a alors conduit dans le salon. Dans la pièce sombre, mes yeux se portèrent immédiatement vers ce corps massif, condamné au sommeil. Quand Lalita ouvrit les rideaux, je fus ébloui et dus fermer les yeux. Quand je les ouvris à nouveau, je ne vis plus qu'une chose : la silhouette de deux papillons unis pour l'éternité... Liang Shanbo et Zhu Yingtai, la voix chantante de ma mère me racontant la légende des amants papillons, mes doigts enfantins modelant les délicates formes de bois sculptées par ses soins, les heures passées à rêver sous ce piano alors qu'elle jouait, l'amour infini qui brillait dans ses yeux et qui aujourd'hui encore éclaire mon existence.

Son piano. Mon enfance. Son amour.

Voilà ce qui se tenait là devant moi, dans cette maison inconnue, perdue dans la jungle urbaine de Bombay.

Mon cœur tambourinait contre ma poitrine. Je n'osai pas m'approcher davantage, et si tout cela n'était qu'un mirage, et si ces deux papillons tant aimés s'envolaient pour me laisser seul face à ma méprise...

Mais ils étaient bien réels : sous mes mains, je reconnaissais le déploiement de leurs ailes, l'entêtement volontaire de leurs antennes, la force de leur élan... tout en douceur. Je me baissai alors pour les observer, me souvenant du temps où ils volaient à hauteur de mes yeux.

Le Steinway de mon enfance avait donc survécu à la mort de ma mère, à l'occupation japonaise, à la guerre civile, à la révolution culturelle... toutes ces fois où je l'avais imaginé en flammes et il était là, devant mes yeux.

Je suis désolé si cette lettre est confuse mais je suis bouleversé par ces retrouvailles que vous avez initiées sans le savoir. Quel cadeau inespéré la vie me fait-elle !

J'ai besoin de votre aide, ma chère amie. J'aimerais racheter le Steinway mais Roger s'y oppose. Il n'a même pas voulu me rencontrer. Je lui ai pourtant fait une offre très généreuse qui leur permettrait de remettre la maison en état. Sa femme est désespérée par son obstination. Peut-être pourriez-vous lui écrire pour plaider ma cause ? Je vous en serais si reconnaissant.

Je repars pour Hong Kong aujourd'hui, le cœur lourd de laisser, derrière moi, cet ami retrouvé. Je glisse dans cette enveloppe la plume rose d'une cigogne peinte, trouvée au cours de mon voyage d'observation, je l'accompagne de ce poème de Jia Dao que ma mère m'a appris et auquel je pense toujours en observant ces oiseaux :

Lorsque passe une cigogne,
Suis-la du regard :
Elle porte sur son dos,
N'en doute pas, un Immortel.

Je compte les jours qui nous séparent de nos retrouvailles et me réjouis d'avance de célébrer Noël avec vous.

Avec toute ma tendresse,

Vince

* *
*

Hong Kong, janvier 1973

Ma chère amie,

Le piano est arrivé. Écrire ces mots est une victoire. La nôtre.

J'écoute son silence pour mieux entendre ses secrets. Il me révèle la beauté du lien qui nous unit, par-delà l'espace, par-delà le temps. Le savoir-faire de votre grand-père et de votre père, maîtres d'œuvre de son harmonie ; la grâce de ma mère, souffle de son âme ; notre quête de vérité, son salut... Il est chemin d'éternité.

Je ne suis que gratitude. Vous m'avez mis sur son chemin. Vous l'avez rescapé de sa perdition indienne. Vous l'avez recueilli. Vous avez veillé à sa guérison. Vous l'avez aimé et vous me l'avez rendu.

Qu'ai-je à vous offrir en retour ? Mon amitié vous est acquise, j'espère que vous n'en doutez jamais. Mon admiration pour vous est sans borne, j'aimerais sans cesse vous le prouver. Votre bonheur est le mien, toujours j'y œuvrerai à la manière qu'il vous plaira... dans l'ombre ou la lumière.

Chère Mathilda, mon cœur est à vous. Mon âme ne désire rien de plus qu'être à l'écoute de la vôtre.

Hier, le violoncelliste Henri Honegger a donné un récital au City Hall. Il revenait de Pékin et Shanghai où il a interprété les suites de Bach. Nous nous sommes entretenus à l'issue du concert. Sa voix tremblait en évoquant le silence mortuaire du public chinois et la force de ce qu'il avait ressenti en venant le briser avec la musique de Bach, en ouvrant un espace pour laisser le souffle pénétrer en chacun. J'étais bouleversé à la pensée de mon pays meurtri mais aussi touché par l'espoir éveillé par la musique. Je suis rentré chez moi et j'ai écouté le disque de Pablo Casals que vous m'avez offert. Les suites de Bach résonnaient de vos souvenirs et de vos réflexions : votre frère Joseph, sa rencontre avec le maître espagnol, son intuition spirituelle à Leipzig, votre récent coup de cœur pour ce jeune violoncelliste d'origine chinoise, Yo-Yo Ma, le message de paix délivré par Casals devant l'Assemblée des Nations unies, votre conviction si profonde que la musique a une résonance universelle, qu'elle offre un espace de dialogue avec soi-même et avec les autres, qu'elle crée un lien entre la terre et le ciel, votre désir viscéral d'œuvrer pour l'harmonie du monde... Tout cela prenait du sens.

Tillie, la Chine a besoin de musique pour retrouver son âme, pour retrouver la paix. Ne pourrions-nous pas travailler ensemble à recréer ce lien ?

Je ne sais pas si vous vous souvenez, le soir de notre rencontre à Milan, vous m'avez dit en regardant vos mains : « J'aimerais les mettre au service du monde, elles ont tant reçu mais je ne sais pas quoi en faire. » Vos mains, ce soir-là déjà, je voulais les tenir au creux des miennes. Je n'ai pas osé. Je vous ai demandé si vous m'autorisiez à en prendre l'empreinte pour réfléchir à ce que vous pourriez en faire : comme des enfants nous nous sommes prêtés au jeu de tracer le contour de vos doigts. De retour dans ma chambre, j'ai posé ma main sur la vôtre et, à l'encre, je l'ai enserrée de ma propre empreinte : depuis, je l'ai toujours tenue comme le plus beau cadeau que m'ait fait l'existence.

Ma tendre amie, le piano est là. Il vous attend, pour un jour ou pour l'éternité.

Et moi, à ses côtés,

Vince

Chapitre 15

Baoji, 21 juin 1995

Lì s'agrippait à son ventre pour retenir la vie en elle, là où elle pouvait encore la protéger. À la porte des urgences où le taxi s'arrêta, une dizaine de brancardiers s'activaient. Elle eut à peine le temps de s'extraire de la voiture que des sirènes retentirent, annonçant l'arrivée de plusieurs ambulances. Elle se tenait sur le trottoir, courbée par la douleur des contractions, lorsque passèrent, devant elle, une dizaine de corps ensanglantés dont s'échappaient des râles douloureux, couverts par les cris des urgentistes. Dans le hall de l'hôpital, Lì se retrouva face à un alignement de jeunes gens aux membres broyés, aux vêtements déchiquetés, à la chair à vif... comme si un char leur avait roulé dessus, comme tous ces étudiants qu'elle avait vus arriver à l'hôpital, le soir du massacre, le 4 juin 1989.

Et comme elle l'avait fait ce soir funeste, elle s'effondra, inanimée, sur le sol. Lorsqu'elle reprit connaissance, quelques instants plus tard, elle se mit à crier :

— Où est Fēng ? Je cherche Fēng, il est resté sur la place Tiananmen.

— Qui réclamez-vous ? Vous semblez délirer...

— Fēng, mon ami, vous savez, c'est un des étudiants en chirurgie qui supervise les malades sur la place, il n'a pas voulu fuir, c'est lui qui m'a forcée à partir avec les premiers blessés quand ils nous ont attaqués… Où est-il ? Je veux le voir !

— Madame, calmez-vous, vous êtes à l'hôpital, à Baoji, votre travail a commencé, un brancardier va vous conduire à la maternité. Peut-on contacter votre mari ou peut-être votre mère ?

— Non, pas ma mère, surtout pas, Zhū ne doit pas savoir. Si elle apprend que j'étais sur la place, elle me coupera les vivres, elle ne m'aidera pas à partir aux États-Unis. Mais où est Fēng ? L'ont-ils tué ?

— Qui est Fēng ? Votre mari ? Savez-vous où nous pouvons le joindre ? Calmez-vous, vous êtes en sécurité ici.

— Non, nous ne sommes en sécurité nulle part. Ils nous ont attaqués avec des chars, avec des mitraillettes, nous, des étudiants sans défenses, qui ne réclamions qu'un peu plus de liberté. Ils ont massacré la jeunesse. Nous ne serons plus jamais en sécurité ! Je veux retrouver Fēng, on doit partir, on doit avancer notre départ pour les États-Unis.

— Calmez-vous, madame. Vous semblez sous le choc, ce doit être cette chaleur, vos contractions et la vue de tous ces blessés… Ne vous inquiétez pas. Nos équipes sont débordées avec ces jeunes dont le minibus a été pris en étau entre deux poids lourds, mais très vite on vous accompagnera à l'étage, vous pourrez accoucher. En attendant, retrouvez vos esprits, je dois m'occuper des blessés.

Lì sentit la sueur couler sur son front, son ventre se contracter : son corps n'était que souffrance. Elle voulut se redresser mais n'y parvint pas et retomba en arrière sur le brancard où on l'avait allongée. Elle ferma les yeux : sa tête tournait, une nausée irrépressible la saisit, elle ne put contenir ses vomissements. L'odeur de sang et de chair déchiquetée, les hurlements de douleur de ceux qui l'entouraient, elle ne savait plus où elle se trouvait. Quand elle ouvrit les yeux à nouveau, elle aperçut la main sanglante du jeune homme qui était étendu à ses côtés ; elle revit alors la main de Fēng lorsqu'on apporta, enfin, son corps inanimé à l'hôpital Fuxing : trois doigts en bouillie, un destin de chirurgien brisé et le point de départ d'une longue descente aux enfers.

Un brancardier finit par arriver pour l'emmener dans le service de maternité. Dans la salle où on l'installa, trois autres femmes étaient déjà en travail bien avancé. Le cri d'un bébé retentit, « c'est une fille », annonça le médecin, la mère fondit en larmes. Une fille unique, un drame pour celle qui n'aurait droit qu'une fois à la maternité. Lì posa une main sur son ventre dont la peau tendue à l'extrême semblait sur le point de rompre, bientôt l'enfant sortirait et le sentiment de plénitude qui l'avait rendu si sereine ces derniers mois s'évanouirait. Elle frissonna. Ce bébé qui, jusque-là, n'avait été que présence chaleureuse au cœur de son être allait soudainement devenir une si lourde responsabilité pour elle qui ne pouvait pas compter sur le soutien de son mari. Fēng était incapable de travailler.

Depuis la nuit du massacre, il était un autre homme. Sa participation aux manifestations étudiantes lui avait valu une période d'emprisonnement, suivie de son exclusion de toutes les facultés de médecine, sa main désormais handicapée était un fardeau, son cerveau commotionné avait gardé les séquelles d'une nuit d'horreur qui le hantait jusqu'au plus profond de son sommeil. Cet homme devenu autre, Lì avait choisi de ne pas l'abandonner. Pour lui, elle avait renoncé à son projet américain et quitté Pékin afin de le retrouver à Baoji dès qu'elle avait eu son diplôme de pharmacologie, rompant tous liens avec sa mère, Zhū, qui condamnait ses choix. Elle portait Fēng à bout de bras, travaillait pour deux et tenait tous les rôles : épouse, mère, amie, confidente, infirmière… Elle voulait être tout pour lui, il était tout pour elle. Bientôt, il y aurait aussi l'enfant, ils formeraient une famille. Peut-être que l'espoir reviendrait avec cette nouvelle vie. Et si elle s'était trompée… Elle avait si mal et personne pour lui tenir la main. Elle frissonna encore. Elle avait froid, chaud, son corps fiévreux ne lui appartenait plus. Elle sentit qu'elle allait à nouveau perdre connaissance, que le délire allait la rattraper.

Une main se posa alors sur son front, un toucher rugueux pour un geste tendre, accompagné d'une berceuse. Ces doigts courts mais agiles qui se glissaient dans ses cheveux humides, la mélodie du Sichuan : *āyí* Ān était de retour. Sa nourrice lui souriait du regard, illuminant son visage anguleux sur lequel le temps et ses épreuves avaient creusé des sillons profonds. Sur son épaule tombait la longue natte blanche qu'elle avait refait pousser après la mort de Mao : aussi fine que trois cheveux entrelacés, aussi fière qu'une dignité retrouvée. Elle était là pour lui donner du courage, tel qu'elle l'avait toujours fait jusqu'à son dernier souffle. Précieuse *āyí* de son enfance qui avait veillé sur elle alors que sa mère avait été envoyée travailler dans les campagnes, qui l'avait aimée alors que sa mère avait été brisée par la révolution, qui l'avait éduquée alors que sa mère était trop occupée à reconstruire une vie loin de la douleur qu'elle incarnait.

Āyí Ān était de retour. Elle chantait et racontait des histoires, celles de la famille Fù, de la jolie Měi, de son grand-père, le docteur Xiè, de Shēn, ce père secret dont elle devait taire le nom. Lì se sentait intimement liée à tous ces inconnus qui appartenaient à un autre monde, une autre Chine, un autre temps, ils étaient les fantômes de son enfance, les compagnons imaginaires d'une vie solitaire. En mourant quelques années auparavant, *āyí* Ān les avait rejoints. Âmes aimantes, toutes semblaient s'être rassemblées à l'orée de cette naissance, prêtes à joindre leur souffle à ce nouvel élan de vie ; leur présence conforta Lì. Courage et espoir prirent le dessus sur le délire et l'abattement, elle rassembla ses forces pour expulser l'enfant dont le cri strident la fit tressaillir de joie. « C'est une fille », annonça le médecin. « C'est la vie qui revient », pensa Lì, aussi heureuse qu'épuisée.

Quand elle ouvrit à nouveau les yeux, Lì aperçut Fēng au bout de son lit, leur bébé serré au creux de ses bras, ses yeux embués par l'émotion. Ils étaient une famille.

Fēng s'approcha de son épouse, l'enfant soutenu par sa main vaillante. Ensemble, ils admirèrent le visage serein de leur fille. Elle avait les joues rouges, ses yeux grands ouverts sur la vie étincelaient. Elle était l'enfant de l'été, du feu et de la joie. Ils la prénommèrent Xià.

VI

Nous rions nous trinquons, en nous défilent les blessés,
Les meurtris ; nous leur devons d'être en vie, car vivre,
C'est savoir que tout instant vivant est rayon d'or
Sur un océan de ténèbres, c'est savoir dire merci.

François Cheng

Chapitre 16

Hong Kong, mai 2015

Depuis son siège dont elle frotte nerveusement le velours vert, Xià observe Irina Svobodskaya faire son entrée sur scène sous les applaudissements du public du Hong Kong Cultural Centre. Le chef d'orchestre ouvre les bras pour accueillir la pianiste russe ; elle l'embrasse, serre la main du premier violon, salue le reste de l'orchestre et s'installe au piano. Cette musicienne de bientôt quatre-vingts ans, au regard pétillant, ne ressemble en rien à la diva dont Tillie lui a conté les caprices new-yorkais. En voyant la place vide à ses côtés, Xià pense à son amie alitée, à la joie qu'elle se faisait d'écouter le *Concerto pour piano n° 3* de Rachmaninov. Son fauteuil est vide mais Tillie, bien présente. Dès les premières mesures, la musique vient réveiller les accents houleux de leur dernière conversation, faire tonner le grondement de son tourment et aiguiser la brisure qui lui transperce le cœur.

Pendant les deux semaines qui avaient suivi l'audition, Xià, incapable d'annoncer sa décision de rester étudier à Hong Kong, avait trouvé divers prétextes pour se tenir à distance de la villa de Happy Valley. Quand, enfin, le matin même, elle avait rassemblé son courage pour se confier à Tillie, celle-ci l'avait accueillie depuis son lit avec excitation : elle venait d'apprendre de Tong Li que la candidature de Xià à la Juilliard était acceptée. À cette nouvelle, la jeune pianiste avait senti un abîme s'ouvrir sous ses pieds : son rêve désormais saisissable lui échappait, le poids des responsabilités la repoussait vers d'autres horizons. Son visage avait perdu toutes ses teintes, ses lèvres s'étaient figées, elle avait été incapable d'approcher du lit de Tillie et de saisir ses mains tendues. Un long silence s'était installé.

Tillie s'était redressée à grand-peine. Elle avait observé le désarroi de la jeune fille dont l'innocente sincérité l'avait touchée dès leur première rencontre : quels sentiments, quelles pensées s'entrechoquaient au sein de cet être en devenir, placé devant un choix crucial ? Son désir de mettre Xià sur la voie qui lui semblait être la sienne était si grand, tout comme son souhait de contribuer à l'épanouissement de son talent, elle y voyait son ultime mission... Aussi avait-elle choisi ce moment pour lui annoncer son projet de lui léguer son appartement de West End Avenue ainsi que son Steinway. Par moments, l'émotion était venue étrangler sa voix : ce face-à-face avec la jeune pianiste relevait du miracle, sa présence au soir de sa vie était un signe bouleversant.

Pour Xià, cette déferlante d'annonces, toutes plus irréelles les unes que les autres, avait eu l'effet d'une déflagration dont avait jailli une colère irrépressible :

— Laissez-moi, je ne vous appartiens pas, vous ne contrôlez pas ma vie, vous ne savez rien de moi, ni de ma famille. Vous croyez que vous pouvez m'imposer toutes vos volontés... Vous ne pouvez pas décider pour moi, pour nous... Vous me faites miroiter des choses qui n'existent pas... Je n'abandonnerai pas mes parents, je ne détruirai pas ma famille en poursuivant des rêves égoïstes, ils ont déjà trop souffert !

Le cœur lourd, Xià avait quitté la maison et la parenthèse enchantée des neuf derniers mois.

Plus tard, dans l'après-midi, Yolanda avait déposé une enveloppe de la part de Tillie à la résidence de Xià. La jeune fille avait fini par quitter son lit et ses larmes pour récupérer la missive de la vieille dame. Elle y avait trouvé deux billets pour le concert d'Irina Svobodskaya ainsi qu'une petite boîte d'allumettes aux couleurs vives, sur laquelle Tillie avait apposé un post-it. Il y était écrit :

Cette boîte est pour Irina, cela fera bientôt cinquante ans que je veux la lui rendre.

Intriguée, Xià l'avait secouée, avait entendu quelques perles s'entrechoquer, l'avait ouverte avec curiosité et y avait trouvé des grains rouges ainsi qu'un billet qu'elle avait déplié. Sur le papier jauni étaient inscrits des caractères chinois et des lettres russes. Elle avait immédiatement reconnu le poème de Wang Wei, celui que sa mère récitait tout en lui glissant des grains rouges dans les poches quand elle partait pour le conservatoire à Pékin. Xià les caressait en pensant à elle, restée seule à Baoji.

Ce soir, Xià tient ce mystérieux écrin comme elle souhaiterait tenir la main de Tillie. Elle aimerait tant lui dire qu'elle regrette ses paroles et partager sa confusion. À l'entracte, la jeune femme reste à sa place et écoute les commentaires des auditeurs, impressionnés par la dextérité de la pianiste russe qui, à son âge avancé, demeure l'une des plus grandes interprètes de l'œuvre de Rachmaninov. La deuxième partie du programme annonce une sonate pour piano et erhu, composée par un certain Shēn. Irina revient sur scène et s'empare du micro pour s'adresser à l'audience dans un anglais au fort accent slave :

— J'aimerais vous présenter une œuvre très chère à mon cœur, composée par mon meilleur ami, mon âme sœur, mon *zhī yīn* (知音). Malheureusement, Shēn n'est plus de ce monde, il nous a quittés en 1966, victime de la révolution culturelle. Ensemble, nous avons joué cette sonate à Moscou en 1957 à l'occasion du Festival international de la jeunesse avec l'espoir que notre musique pourrait porter notre idéal d'humanité, de liberté et de paix. Malgré tant de rêves brisés, je crois encore que cette musique a le pouvoir de révéler ce qu'il y a de meilleur en chacun de nous, de nous rapprocher, de rompre nos solitudes et d'ouvrir cet espace d'humanité et de partage auquel mon ami Shen était tant attaché. Je suis heureuse de pouvoir lui rendre hommage ce soir, avec vous.

Les lumières s'éteignent, seul un faisceau bleuté éclaire les deux musiciens : les chants du piano et de l'erhu s'élèvent et entament un dialogue timide avant d'engager un rapprochement de plus en plus intime et de fusionner dans une danse sensuelle en quête d'amour absolu. Puis, il ne reste que le silence, ultime écho de ces deux âmes, fondues dans le rêve, et se cherchant, indéfiniment. La lumière revenue, Xià constate qu'elle n'est pas la seule à avoir les yeux humides. Irina salue avec grâce et disparaît en coulisses avant d'être rappelée par des tonnerres d'applaudissements. Elle reprend place devant le Steinway, le public se tait instantanément.

Son majeur gauche va à la rencontre du clavier et égrène six notes timides, son index vient alors à son secours pour lui donner la force d'un accord, puis son petit doigt se joint en renfort pour qu'enfin sa main droite ait l'élan nécessaire pour porter la mélodie. L'*Adagio* de Bach, Xià frissonne. Devant ses yeux, elle voit se dessiner à l'encre noire les deux caractères qui illustrent sa vieille partition : 知音. À nouveau, elle sent, dans son dos, le souffle de Bach, celui des inconnus de la partition, celui de sa mère, celui de Tillie et de toutes les âmes qui vivent en elle. Leur présence l'apaise.

Ses paumes de main protégeant avec soin la boîte d'allumettes, Xià prend place dans la queue des fans qui attendent un autographe. Ses battements de cœur s'accélèrent à mesure qu'elle se rapproche de la pianiste. Quand arrive son tour, elle ne trouve pas les mots et se contente de présenter l'objet à Irina qui, souriante, tend les mains pour signer un CD. Ses doigts fins s'en emparent fébrilement, l'ouvrent, attrapent les grains rouges, les caressent, avant de déplier le billet jauni par le temps : Irina récite alors, d'une voix chevrotante, la traduction russe des vers de Wang Wei, tout en regardant Xià qui, en écho, les prononce en chinois. La jeune femme lui explique comment elle est entrée en possession de la boîte, Irina ne semble pas se souvenir de Tillie à Carnegie Hall ; en revanche, quand Xià évoque leur première rencontre au Steinway Hall, la pianiste russe se rappelle :

— Oui, bien sûr, c'est elle qui m'a accompagnée au Basement afin de choisir mon piano pour mes débuts new-yorkais. Une femme très chaleureuse, son père avait été l'accordeur de Rachmaninov, elle-même avait bien connu le maître. Ce sont de vieux souvenirs et pourtant si vifs encore, comme le jour où mon ami Shēn m'a offert cette boîte, lors de notre dernière rencontre avant que je ne fuie l'URSS. Jamais je n'ai pu lui expliquer pourquoi j'étais partie sans lui dire au revoir. Je l'ai cherché après, il était trop tard. On ne s'est jamais revus. Mademoiselle, vous n'imaginez pas ce que votre geste représente pour moi. C'est comme s'il me pardonnait enfin et me remerciait de porter sa voix, de faire vivre ce lien unique qui nous unissait.

Irina saisit alors les mains de Xià et les embrasse avec ferveur, quand elle relève les yeux pour les plonger dans ceux de la jeune fille, elle se trouble :

— Vous avez son regard...

— Je sais, répond Xià. Maintenant, tout s'éclaire.

Chapitre 17

Shanghai, décembre 2009

Xià portait une robe en tulle mauve, dans ses longs cheveux dénoués, sa mère avait fixé une couronne de fleurs assortie. C'était une tenue de fête. Dans le couloir glacé où elle attendait son tour, elle gardait ses mains au chaud dans un manchon molletonné, mais elle y cachait surtout la chair à vif de ses doigts rongés jusqu'au sang pendant la nuit. Son cœur tambourinait contre sa poitrine et, dans sa tête, résonnait l'écho des cris prisonniers de la salle de bains puis des pleurs de sa mère, étouffés dans son oreiller, tout ce qu'elle n'aurait pas dû entendre et qui ne la quittait plus. Elle sursauta quand une femme vint lui glisser à l'oreille qu'elle serait la prochaine à entrer sur scène. Elle s'était tant préparée pour cette compétition ; elle s'était encore plus réjouie que, pour une fois, ce soit sa mère qui l'accompagnât, jusqu'à cette rencontre la veille dans le hall de leur hôtel.

Elles avaient quitté Baoji en pleine nuit pour se rendre à l'aéroport de Xi'an. Leur avion avait eu plusieurs heures de retard et elles n'étaient arrivées à Shanghai qu'en milieu d'après-midi, trop tard pour la répétition à laquelle Xià devait participer au conservatoire de la rue

Fenyang. Lì avait voulu s'y rendre malgré tout, n'acceptant pas que sa fille fût punie par sa faute ; il lui avait été impossible de prendre une journée de congé supplémentaire et de partir la veille. Arrivées directement de l'aéroport avec leur valise, elles avaient trouvé les portes de l'auditorium closes. Dans un dialecte shanghaïen que Xià ne lui connaissait pas, sa mère était parvenue à convaincre le vieux gardien de leur ouvrir la salle et d'allumer un spot. Il leur avait accordé un quart d'heure. Assise dans le noir, Lì avait senti sa gorge se serrer dès les premières mesures de la *Sonate au clair de lune* : Xià avait fêté ses quatorze ans quelques mois plus tôt ; sous les traits évanescents de l'enfance se lisait déjà une maturité précoce qui transparaissait dans la profondeur de son jeu. Lì avait conscience de la part de vie qu'elle avait laissé filer loin d'elle mais la fierté était plus forte que les regrets, Xià excellait et c'était tout ce qui comptait. Elle était la consolation de tous leurs rêves brisés ; avec elle pouvaient s'évanouir les violences et les souffrances. Lì avait grandi sans musique dans un Shanghai dépecé de son âme par la révolution culturelle, pourtant cette musique qu'elle avait appris à aimer plus tard avait été l'héritage le plus naturel à transmettre à Xià, celui que sa fille avait embrassé avec la plus grande ferveur.

Lì avait été surprise quand, au début du troisième mouvement, alors que Xià s'était lancée dans une succession d'arpèges, entrecoupés de puissantes octaves, le gardien était venu taper dans son dos pour lui rappeler qu'il était temps de libérer la salle. Il devait partir, elles aussi. Le vieil homme n'avait pas attendu : alors que Xià jouait, il avait éteint la lumière mais cela n'avait pas coupé la jeune pianiste dans son élan. En quittant l'auditorium, elles avaient trouvé le gardien en train de se battre contre des balais dans un cagibi caché sous l'escalier et l'avaient entendu pester :

— Comment maître Tan a pu tenir autant de mois dans ce placard ? Y a la place pour rien là-dedans !

Ses balais rangés, il avait revêtu une grosse veste matelassée et une casquette de laine. Dans son dos pendait, en bandoulière, un long étui en cuir marron. Xià, portée par l'enthousiasme de cette répétition inespérée, s'était dirigée vers lui :

— Merci, oncle, de m'avoir laissée répéter !

— J'ai aimé vous écouter, petite.

— Et vous, de quel instrument jouez-vous ? avait demandé Xià en pointant son dos.

— Je joue de l'erhu mais je ne suis qu'un amateur, j'ai toujours été plus doué pour fabriquer les instruments que pour les faire chanter.

— Vous êtes luthier ?

— J'aurais pu l'être, mais j'étais du mauvais côté de l'Histoire… alors mon histoire n'a pas été celle que j'avais imaginée.

— Vous ne voulez pas jouer pour nous ? Nous avons le temps, maman, n'est-ce pas ?

Le vieil homme n'avait pas caché son étonnement : tous ces musiciens qui passaient quotidiennement dans son dos sans remarquer sa présence, absorbés par leur avenir, et cette toute jeune fille qui lui offrait, dans la rencontre, un temps pour vivre. Il leur avait proposé de s'asseoir sur un banc dans le jardin. Xià s'était émerveillée devant l'élégance des bâtiments anciens et le calme du parc. Lì avait suivi, soulagée que sa fille ait pu se familiariser avec la salle et son piano, amusée par sa curiosité, intriguée de la découvrir si détendue à la veille d'une compétition. Cette décontraction était tout de même venue réveiller d'éternelles interrogations : Xià était-elle suffisamment préparée ? Était-ce raisonnable de confier son éducation à Fēng ? Faisaient-ils tout ce qui était possible pour la préparer à la carrière de concertiste à laquelle elle aspirait ? Quels autres horizons resteraient ouverts pour leur fille si elle ne parvenait pas à se distinguer ? Perdue dans la nébuleuse de ses pensées, elle avait à peine entendu les premiers accords de l'erhu.

Le gardien s'était assis sur un muret qui soutenait les racines d'un saule pleureur. Xià et sa mère avaient pris place sur un banc à ses côtés. La jeune fille avait fermé les yeux. Très vite, elle avait été frappée par la résonance de l'erhu avec le bruissement des branches dénudées. L'harmonie lui était apparue si parfaite qu'elle s'était demandé qui, de l'homme ou de l'arbre, était à l'origine de cette musique : sans doute coulait-elle d'une même source, bien plus lointaine, celle-là même qu'elle sentait circuler en elle lorsqu'elle se mettait au piano. Cette intuition l'avait fait sourire. Elle avait ouvert la paume de ses mains vers le ciel et écarté ses doigts pour sentir le vent s'y glisser comme il le faisait entre les rameaux de l'arbre. Une joie profonde, emplie de gratitude, lui avait réchauffé le cœur. Xià avait alors saisi la main glacée de sa mère qui avait immédiatement regardé sa montre et, sans attendre que le gardien ait fini de jouer, avait annoncé :

— Il est tard, nous devons aller à notre hôtel.

— Mais maman, je pensais que nous irions marcher sur le Bund, tu me l'as promis.

— Je ne pensais pas que nous aurions autant de retard. Tu dois te coucher tôt pour être en forme demain.

— Ne t'inquiète pas. Je suis prête. Emmène-moi, s'il te plaît !

— Oh ! d'accord, mais nous devons partir vite et on ne restera pas longtemps.

— Promis. Merci, maman ! Merci, oncle pour votre musique, elle m'accompagnera demain, j'en suis certaine.

L'homme avait souri à la jeune fille, intrigué par sa présence lumineuse. Il avait eu le sentiment étrange de l'avoir déjà rencontrée, quelque chose dans son regard lui était familier. Dès que Xià et Lì lui avaient tourné le dos, il avait repris son instrument et accompagné sa musique de ce chant :

Louez et bénissez mon Seigneur,
Rendez-lui grâce,
Et servez-le en toute humilité !

Lì avait sursauté en entendant ces paroles, celles de la prière d'*āyì* Ān, la seule qu'elle avait retenue à force d'entendre sa vieille nourrice la réciter. En silence, dans l'agitation retrouvée de la ville, Lì s'était rappelé le Cantique des créatures, s'étonnant de s'en souvenir après tant d'années, tandis que Xià avait continué à fredonner l'air entendu à l'erhu.

Sorties du métro, elles avaient été happées par le flot des passants. Dans la nuit, les lumières des magasins les avaient éblouies et Lì avait cherché ses repères parmi les vieilles façades, couvertes de décorations de Noël. Arrivée sur le Bund, Xià avait été captivée par les gratte-ciel illuminés qui dominaient l'autre rive du Huangpu et avait ressenti une grande fierté d'être chinoise, un sentiment lisible sur tous les visages autour d'elle. Sa mère avait tourné le dos à cette *skyline* futuriste, préférant la rive ouest et ses souvenirs de jeunesse. En retrouvant les jardins publics, elle avait eu une pensée pour *āyí* Ān qui aimait tant s'y promener. À sa mort, celle qui l'avait élevée lui avait laissé une boîte dans laquelle elle avait trouvé une natte, un crucifix, une photo de son père Shēn au piano avec Fù Měi, une partition de Bach et une lettre qui n'avait jamais été décachetée. Cette lettre, Lì avait attendu d'être de retour à Pékin pour l'ouvrir et découvrir une déclaration d'amour bouleversante. Ne venait-elle pas, quelques mois auparavant, de rencontrer Fēng, celui dont elle avait l'intuition qu'il était son âme sœur et qu'elle souhaitait aimer toujours ? Ces mots écrits par un inconnu lui avaient donné confiance.

Lì avait été tirée hors de ses pensées nostalgiques par la voix grelottante de Xià :

— Maman, c'est si beau mais je crois que j'ai trop froid maintenant.

— Tu as raison, il est tard aussi. Allons dîner et nous coucher.

Tirant toujours leur valise, elles avaient repris le métro pour aller dîner d'une soupe de nouilles à proximité de leur hôtel. Épuisées, elles avaient enfin poussé la porte vitrée qui donnait sur la réception, un hall glacial, éclairé aux néons, dans l'angle duquel se trouvait un canapé où attendait une femme élégante. Cette dernière s'était immédiatement levée, Lì avait alors lâché la main de sa fille et s'était figée. L'étrangère s'était dirigée vers elles, le sourire aux lèvres :

— Eh bien ! Lì, tu ne me présentes pas ma petite-fille ? Bonjour Xià, peut-être ne savais-tu pas que tu avais encore une grand-mère ? Je m'appelle Zhū et suis heureuse d'enfin faire ta connaissance, avait-elle dit, en tendant une main à Xià qui avait regardé sa mère, incrédule.

— Qu'est-ce que tu fais là ? avait répondu Lì à demi-mot, ne souhaitant pas attirer davantage l'attention du réceptionniste. Comment as-tu appris que nous étions ici ?

— Parce que tu crois que je ne sais rien de ta vie ? avait rétorqué l'inconnue sur un ton mordant. Je sais tout. Maintenant, tu devrais peut-être demander la clé de votre chambre pour qu'on poursuive cette discussion au calme.

— Il est hors de question que tu montes avec nous. On s'est tout dit, il y a déjà bien longtemps. Il n'y a rien à ajouter. Tu as ta vie, j'ai la mienne. C'est ainsi. Ne changeons rien.

Xià avait observé les deux femmes, cherchant des ressemblances : se pouvait-il vraiment que cette inconnue soit sa grand-mère ? Elle pensait sa mère orpheline. Pourquoi son regard était-il soudain empli de colère ?

— Très bien, avait rétorqué Zhū, je vois que tu es toujours aussi obstinée et ingrate. Je n'avais pas vraiment d'espoir d'être écoutée ce soir, il est sans doute trop tard pour faire quoi que ce soit pour toi, tu as fait tes choix, je les regrette. Mais je m'en voudrais de ne pas intervenir pour ma petite-fille, elle a droit à mieux.

— Arrête, tu te fiches bien d'elle, de moi, de nous ! Aurais-tu mauvaise conscience ? Est-ce pour cela que tu es venue ce soir ? Tu t'en veux d'avoir abandonné ton enfant pendant tant d'années, d'avoir ensuite essayé de faire de moi ce que tu voulais pour finalement me rejeter le jour où j'ai fait mes propres choix. Tu méprises son père, alors comment pourrais-tu avoir un quelconque intérêt pour ma fille ? Laisse-nous maintenant, tu m'as fait suffisamment de mal dans le passé.

— On a tous souffert, Lì, mais on a aussi tout fait pour se reconstruire après. On a avancé malgré les douleurs passées, on a fait des efforts pour remettre notre pays en marche, pour que les générations d'après aient un futur prospère. Je n'ai pas eu ta chance d'aller à l'université et pourtant je dirige maintenant l'une des plus grandes cliniques privées de Shanghai. Et toi ? J'ai tout payé pendant tes études, j'étais prête à financer ton diplôme aux États-Unis, tu aurais ensuite pu venir travailler ici, avec moi, mais non ! Tu as préféré te laisser endoctriner puis suivre ce bon à rien pour finir chercheuse dans un obscur laboratoire de Baoji, sans parler du fait que tu entretiennes ton mari qui, pendant que tu travailles, dépense ton argent aux jeux, en alcool et je ne sais quels autres vices ! Et tu dis que je t'ai fait du mal ? Ce qui me fait mal, à moi, c'est de voir que tu mets l'avenir de ta fille en péril !

— Je t'interdis de parler ainsi devant Xià. Très bien, tu as gagné, montons finir cette conversation là-haut.

Le réceptionniste avait fui, préférant ne pas être témoin de ce règlement de comptes familial. Quand il avait refait surface, il avait tendu la clé à Lì en s'assurant de ne jamais croiser son regard. Dans l'ascenseur, elles étaient restées silencieuses. Xià avait regardé ses pieds, le cœur lourd de larmes. Lì avait poussé la porte de la chambre minuscule, avait soufflé à l'oreille de Xià de se changer et de se coucher, puis avait montré la porte de la salle de bains à Zhū et les deux femmes y avaient disparu. Malgré leurs efforts pour crier à voix basse et les siens pour ne pas les entendre, des mots dépourvus de sens mais emplis de souffrance étaient parvenus jusqu'à Xià. Certains étaient venus cogner violemment contre les parois de son cœur innocent jusqu'à cette brisure profonde qui avait blessé son point le plus intime, celui de son harmonie découvert grâce à la musique.

— La musique a tué ton père, Lì, tu le sais, je suis certaine que cette vieille *āyí* Ān te l'a dit. Tu ne vois pas que c'est une forme de malédiction ! Comment peux-tu exposer ta fille aux mêmes démons ? D'ailleurs, c'est troublant, elle a le regard de Shēn…

On revint taper sur l'épaule de Xià, c'était maintenant son tour. Elle entra sur scène : dans l'audience, elle aperçut le regard cerné de Lì qui se tenait avec dignité dans cette assemblée de parents conquérants. Elle salua le jury, alla s'asseoir, régla son tabouret puis posa les yeux sur le clavier : devant elle, les touches se mirent à tanguer, l'empêchant d'ancrer ses mains sur la seule surface où elle se sentait pleinement heureuse. Comment respirer sans oxygène ? Comment vivre sans joie ? Quelle serait sa vie désormais, sans musique ? Elle s'effondra.

Chapitre 18

Hong Kong, 4 juin 2015

Xià attend sa mère à la gare de l'Airport Express à Central. Autour d'elle, des hommes et des femmes vont et viennent, tirent leur valise d'une main, tiennent leur téléphone de l'autre, dans un ballet incessant de départs et de retours, d'échecs et de succès, d'espoirs et de désillusions. Tout est allé si vite pour elle depuis le concert d'Irina.

Après avoir échangé ses coordonnées avec la pianiste russe, Xià était sortie sur la promenade. L'air y était gonflé d'humidité. Elle était allée jusqu'à la rive, s'était penchée au-dessus de la balustrade dans l'espoir de capter un souffle marin, mais n'avait reçu que le remous des vagues, provoqué par le va-et-vient du *Star Ferry*. De l'autre côté de Victoria Harbor, les silhouettes insolentes des gratte-ciel projetaient leurs ombres scintillantes sur l'étroit bras de mer qui séparait l'île du continent ; au-dessus planait le silence des montagnes. Cette présence sereine dans la cacophonie de la nuit l'avait apaisée. Le souffle de la montagne, Xià ne l'avait pas oublié. Il résonnait en elle, comme l'*Adagio* de Bach. Son cœur battait à leur rythme. Elle s'y abandonnait, confiante. Elle devait tout raconter à sa mère et faire un choix avec elle.

Son téléphone avait sonné avant même qu'elle n'ait eu le temps de le sortir :

— Maman, j'allais t'appeler. Je dois te parler.

— Je sais.

— Non, tu ne sais pas. Il y a tellement de choses que je te cache depuis des mois.

— Madame Fù m'a téléphoné.

— Tillie ? Vraiment ? Mais... que t'a-t-elle dit ?

— Elle m'a dit tout ce que je n'espérais plus : que tu t'étais remise à jouer au piano, que tu avais présenté ta candidature à la Juilliard School et que tu avais été admise ! Cela a toujours été ton rêve depuis le jour où tu es partie au conservatoire. Elle m'a aussi appris que tu avais refusé.

— Maman, je ne peux pas partir si loin, te laisser seule avec papa. Tu as besoin de moi. Je veux t'aider... Et si j'échoue... comment ferons-nous ?

— J'ai assez sacrifié moi-même, ce n'est pas pour te sacrifier toi quand l'avenir te fait tant de promesses ! Tu ne peux pas renoncer à ce pour quoi tu as tant travaillé, ce en quoi nous avons cru avec toi et ce pour quoi nous avons aussi renoncé à beaucoup et je parle, en ce qui me concerne, de ces années d'enfance que tu as passées loin de moi !

— Et papa ?

— Je crois que cela a toujours été son rêve, peut-être même encore plus que le tien. Il a appris la musique pour toi, pour être à la hauteur et te soutenir. Il ne voulait pas que tu sois pénalisée par rapport aux autres enfants. Alors quand tu étais à l'école, il travaillait le solfège, écoutait tout le répertoire, se renseignait sur les concours, toute son énergie était concentrée sur ta réussite. Il n'a jamais été malade pendant toutes ces années où vous étiez à Pékin... Grâce à toi, grâce à la musique, il allait mieux.

— Mais le jeu, l'alcool et...

— Tu n'aurais jamais dû entendre cette conversation. Je n'ai pas su t'expliquer, tu étais encore si jeune... Il y a tant de choses que tu ne sais pas...

— Maman... et Shēn, ton père, comment est-il mort ? C'est à cause de la musique...

— Oh... ma chérie... Je ne peux pas parler de tout cela au téléphone. Je t'assure qu'il n'y a aucune malédiction, aucun démon, au contraire, il n'y a que des signes qui montrent que tu es sur la bonne voie. Tu sais, après avoir parlé avec madame Fù, je me suis renseignée sur sa fondation. J'ai découvert que son défunt mari était l'héritier de la famille qui avait recueilli mon père à Shanghai, c'est chez eux qu'il avait appris à jouer au piano. Toutes ces histoires, mon *āyí* Ān me les a dites comme on lit des contes aux enfants ; tous ces personnages qui ont inspiré mes rêves, aujourd'hui, tu portes leur souffle.

— Alors, je peux y aller ?

— Oui !

Dans les minutes qui avaient suivi cette conversation, Xià avait reçu un message de son père sur WeChat : il y avait un lien vers un morceau des *Pièces lyriques* de Grieg, interprétées par Emil Gilels, « Papillon ». Il avait ajouté les mots suivants : *Vole, mon beau papillon !* Ce cri surgi en pleine nuit depuis l'hôpital de Baoji avait été pour Xià un « rayon d'or sur un océan de ténèbres ».

Depuis, son inscription était finalisée, sa demande de visa déposée, les papiers de succession signés chez le notaire, les premiers cartons empaquetés dans la maison de Happy Valley. Le Steinway Papillons partirait pour New York avant la fin de l'été, Tillie promettait qu'elle suivrait avant la fin de l'année. Xià lui rendait visite quotidiennement, ouvrait la porte de la bibliothèque et lui jouait les *Variations Goldberg*. Le corps de son amie semblait se fondre chaque jour un peu plus dans ses draps blancs ; à mesure que celui-ci diminuait, son regard s'éclairait. Ses yeux d'opale étaient un miroir dans lequel Xià voyait se refléter les émotions d'une vie. Sa voix se faisait plus lointaine, elle murmurait qu'un oiseau venait se poser chaque matin sur le rebord de sa fenêtre, un geai à la huppe et à la queue bleu cobalt, comme ceux que l'on trouvait au cœur de Central Park. Sur sa table de chevet, il y avait le dessin de deux mains tracées à l'encre noire ; au dos, en calligramme, suivant l'empreinte sinueuse de chaque doigt, la prière de saint François. Tillie en récitait certains passages, ces mots du Cantique des créatures venaient réveiller en Xià l'écho de la mélodie de l'erhu du conservatoire de la rue Fenyang, le chant éternel du saule pleureur. Toujours, elle saisissait la longue main veinée de Tillie et ressentait une gratitude infinie.

Loué sois-tu, mon Seigneur,
Pour notre sœur la Mort corporelle,
À qui nul homme vivant ne peut échapper.
Malheur à ceux qui meurent
En péché mortel ;
Heureux ceux qu'elle surprendra
Faisant ta volonté,
Car la seconde mort ne pourra leur nuire.

Xià fait un signe de la main à Lì dès qu'elle la voit sortir du train. Elle remarque immédiatement quelque chose de changé sur le visage de sa mère : cette ride au milieu du front qui lui donnait toujours un air préoccupé s'est-elle effacée ? Elle la trouve belle : ses lèvres peintes en rouge, ses yeux illuminés d'un fard pailleté, l'arc de ses sourcils soigneusement rehaussé de noir. Elle porte une chemise en crêpe blanche, brodée au col de pivoines roses et rouges, sur une jupe noire qui ne découvre que ses chevilles et ses ballerines rouges. Elle n'a qu'un grand sac, elle n'est là que pour une nuit. Elles s'embrassent : Xià, désormais plus grande que sa mère, sent comme un abandon dans le poids de sa tête contre son épaule.

Elles prennent un taxi pour se rendre directement chez Tillie. La vieille dame a insisté pour sortir de son lit : Xià sursaute en la trouvant assise dans le canapé du salon, son visage pâle flottant sur son long peignoir en soie indigo. Lì s'assoit à côté de Tillie qui lui tend les mains en signe d'amitié. Elles restent silencieuses, mains dans les mains, yeux dans les yeux, puis ensemble prononcent le même mot :

— Merci.

Xià s'est mise au piano et joue l'*Adagio*. Délicatement, Lì attrape dans son sac une grande enveloppe d'où elle sort la photo de Shēn et Měi au piano qu'elle tend à Tillie. La vieille femme la porte à ses yeux : c'est bien la mère de son mari, c'est bien son piano aussi, elle le différencierait entre tous et ce garçon frêle, c'est donc le jeune prodige dont Měi faisait l'apologie dans ses lettres à Vince. Tillie n'a qu'à moitié compris quand Xià a évoqué les découvertes de Lì et ces liens passés qui les rattachent, sans doute parce qu'elle est arrivée au stade de la vie où tous les temps, même oniriques, se confondent. Mais cette photo est réelle, comme la présence de Xià aujourd'hui, derrière ce même piano que son grand-père a réglé avant sa sortie d'usine dans le Queens, sur lequel Měi a joué la tendre partition de l'amour maternel pour Vince à Shanghai, qui a ouvert les portes de la musique à Shēn, qui a recueilli les pleurs de Tillie à Bombay avant de lui offrir le bonheur auprès de Vince à Hong Kong. Tous ont transmis un peu de leur vérité à ce piano ; il leur offre en retour non l'immortalité, mais un chemin d'éternité.

Xià les rejoint sur le canapé pour entendre ce partage de souvenirs. Lì sort la partition du *Concerto* de Bach, celle qu'elle avait trouvée dans les affaires d'*āyí* Ān et qu'elle avait offerte à Xià. La jeune fille exulte, son père ne l'a donc pas brûlée ! Elle s'empresse de la montrer à Tillie : sa couverture avec les deux caractères tracés à l'encre noire et les pages annotées de l'*Adagio*… Xià observe les doigts de Tillie suivre les deux écritures qui embrassent les portées : ils s'arrêtent sur l'une d'elles, plus irrégulière, moins graphique mais aussi plus affirmée, puis ils retracent chacune des lettres avec insistance comme s'ils souhaitaient retrouver le contact de la plume qui les avait inscrites, enfin ils s'arrêtent. Xià regarde son amie mordre ses lèvres, ses yeux sont gonflés de larmes. Lì, consciente du trouble provoqué par la partition, saisit la main de Tillie et lui demande :

— Vous semblez reconnaître cette écriture ? Savez-vous qui a écrit sur cette partition ?

— Je reconnais l'écriture de Měi. La mère de mon mari était douée en calligraphie, on retrouve tout l'art de sa plume dans son écriture latine, j'ai lu les lettres, conservées par mon mari… mais l'autre…

— Oui, l'autre ? Savez-vous qui a écrit avec elle ?

— Je ne comprends pas… Cette écriture… Ces mots… J'ai l'impression d'entendre mon père ! C'est impossible…

— Comment s'appelait votre père ?

— Gustaf, Gustaf Schultz…

— Vous êtes la fille de Gustaf ? bredouille Lì, visiblement bouleversée.

Xià observe la scène avec confusion : comment sa mère connaît-elle le père de Tillie ? Elle la voit saisir autre chose dans l'enveloppe, une lettre. Lì hésite un instant avant de la tendre à Tillie. On y retrouve la même écriture. Des timbres américains. Une adresse à Shanghai. La lettre est adressée à Měi. Les mains de Tillie l'enserrent, tremblantes. Lì l'interroge :

— Cette lettre est signée de Gustaf Schultz. Il travaillait pour Steinway à New York, n'est-ce pas ?

Tillie acquiesce d'un signe de tête, tout son corps tremble désormais. Lì ajoute d'une voix contrite :

— Vous devez me pardonner de l'avoir ouverte et lue. Quand je l'ai trouvée dans les affaires de mon *āyí*, cela faisait déjà quarante ans qu'elle avait été postée et que personne ne l'avait décachetée. J'ai pensé que si elle m'était parvenue intacte après tant d'années, c'était que la vie me l'avait destinée. Elle a été et reste pour moi la plus belle des déclarations d'amour, celle qui a guidé mon propre chemin. Je crois que nous devons vous laisser la lire seule.

Elles appellent Yolanda, qui les aident à raccompagner Tillie jusqu'à son lit. Xià a du mal à quitter son amie. La vieille dame est désormais si faible que chaque au revoir a le poids d'un adieu. Aussi Xià s'efforce-t-elle, dans chacun de ses gestes, de lui transmettre sa gratitude. Elle confie la garde de Tillie à Húdié, la chienne fidèle, qui s'allonge au pied du lit de sa maîtresse.

Quand elles sortent, il fait déjà nuit. Xià et Lì prennent le tram pour aller dîner. Xià observe sa mère, elle aimerait lui poser tant de questions mais Lì semble ailleurs. Quelque chose a vraiment changé en elle. Jamais auparavant Xià ne l'a entendu évoquer le passé comme elle vient de le faire et, encore moins, s'ouvrir de ses sentiments. À mesure qu'elles approchent de Causeway Bay, Xià constate une foule de plus en plus dense, pas celle du quotidien où chacun suit son chemin, mais celle solidaire des jours de manifestation. Elles regardent le flot se diriger vers Victoria Park, calme, malgré la harangue des haut-parleurs. *6/4, Never Forget.* Cette inscription sur le T-shirt de l'homme assis devant elles rappelle à Xià les raisons de ce rassemblement. Elle propose à sa mère de changer leur programme mais Lì attrape la main de sa fille et lui dit :

— C'est là où je veux t'emmener.

Lì garde la main de Xià bien serrée dans la sienne alors qu'elles avancent au rythme de la foule entre les stands des partis politiques prodémocratie, des ONG des droits de l'homme et d'autres groupes condamnés par le régime de Pékin. À l'entrée du parc, des femmes tiennent des urnes transparentes pour récolter des fonds pour l'association des Mères de Tiananmen ; à sa plus grande surprise, Xià voit sa mère y glisser un billet et accepter des chandelles. Devant elles, des familles, des jeunes, des personnes âgées, tous ont allumé une bougie et se dirigent vers les terrains de sport, transformés en un immense lieu de rassemblement, où ont été montés une estrade et des écrans géants pour retransmettre la cérémonie. Celle-ci démarre à vingt heures avec un dépôt de gerbe devant la déesse de la démocratie et une minute de silence. Xià tente de capter le regard de sa mère pour comprendre leur présence à cet événement mais Lì est ailleurs, avec ceux qui témoignent sur scène du massacre auquel ils ont échappé et qui se souviennent de leurs amis disparus cette nuit-là. Des artistes récitent des poèmes, d'autres chantent, tous honorent la mémoire des victimes sur fond d'images de la grande mobilisation étudiante qui, de la mort de Hu Yaobang en avril 1989 et jusqu'au 4 juin, a fait souffler, sur toute la Chine, un vent d'espoir. Xià regarde en face, pour la première fois, ce qui dans son pays ne s'apprend pas, ce qui doit s'oublier. Elle voit défiler les photos d'une jeunesse mobilisée, pacifiste, avide de changement, cherchant à être entendue par ses dirigeants : des images de concerts, de couples qui se tiennent par la taille et campent souriant sous des tentes de fortune, des grévistes de la faim sous perfusion et des étudiants en médecine qui les veillent. Parmi eux, un visage familier. Xià le reconnaît immédiatement, c'est celui de son père. Le cliché est passé vite mais elle est certaine que c'était lui. À la fin de la cérémonie, les lumières sont rallumées, Lì et Xià suivent l'exemple de leurs voisins et grattent la cire sur le sol, puis, sans un mot, elles se fondent dans le flot qui s'engouffre dans les couloirs du MTR et qui emporte la mémoire de tous ceux sacrifiés pour avoir voulu réformer pacifiquement le régime.

Xià comprend que sa mère ne lui en dira pas plus, pas ce soir. En l'emmenant à Victoria Park, Lì a déjà brisé le mur du silence. Xià se couche en pensant à son père qui combat seul les démons de la dépression, ceux-ci ont désormais un visage. Elle se rappelle alors cette phrase de Lao-Tseu qu'il aimait lui chuchoter en la mettant au lit :

Tout être porte sur son dos l'obscurité et serre dans ses bras la lumière.

Elle se fait la promesse de toujours être sa lumière.

Le lendemain, au réveil, elle trouve plusieurs messages de Yolanda qui lui demande de la rappeler. Elle sort discrètement pour ne pas réveiller sa mère et va sur le petit balcon au bout du couloir de la résidence. Le ciel est lourd ; au loin, l'orage gronde. Alors qu'elle s'apprête à téléphoner, un oiseau se pose sur la rambarde et replie gracieusement ses ailes bleutées. Xià l'observe, surprise qu'il ne soit pas effrayé par sa présence. Elle s'approche, plonge son regard dans ses yeux argentés : il chante, elle répond, en harmonie. Le geai disparaît, aussitôt elle sait. Les yeux fondus dans les nuages, Xià murmure : *Goodbye Tillie !*

ÉPILOGUE

Ce qui peut être dit est dit comme en passant ;
Gardera son secret ce qui est indicible.
Un regard un toucher emplissent leurs pensées ;
Il leur faut, pour tout dire, une autre éternité.

François Cheng

New York, 18 août 1945

Ma tendre Mĕi,

Si je t'écris après de si longues années de silence, c'est pour que tu saches que le temps n'efface pas tout. Je suis hanté par l'idée que la mort emporte un jour mon plus beau secret, mon amour inconditionnel pour toi.

Le désespoir dans lequel m'a plongé ton refus de m'épouser est le gouffre le plus profond dans lequel je sois tombé. Il y a eu l'incompréhension et la colère mais, bien plus fort qu'elles, le sentiment d'un cruel abandon. Comment as-tu pu faire le choix de te séparer de ton âme sœur ? Je sais les raisons sociales, familiales, tes craintes face à un avenir incertain, ta peur d'être un fardeau, mais comment mon amour pour toi n'a-t-il pas eu raison de toutes ces contingences ? N'as-tu pas, toi aussi, ressenti la nécessité de notre présence l'un à l'autre ?

J'ai souhaité mourir. La vie avec ce vide au fond de moi n'avait plus de sens. J'ai laissé mon chagrin se consumer dans les volutes d'opium. J'ai épuisé tout ce qu'il me restait d'énergie et d'économies sur les lits des fumeries. Sans le secours d'un ami qui m'a fait embarquer de force sur un bateau pour les États-Unis, je sais que j'aurais laissé ma vie à Shanghai. Je n'ai pas quitté ma couchette de la traversée : des journées et des nuits de frissons, de douleurs, de nausées, d'angoisses incontrôlables. Mon pays est entré en guerre alors que notre navire faisait route vers San Francisco. Quand nous sommes arrivés, je n'étais plus que l'ombre d'un homme. Mes origines allemandes m'ont valu d'être incarcéré : je n'avais ni le courage ni l'envie de me défendre, l'absurdité du monde avait achevé de m'anéantir. Les soupçons sur mon statut d'espion levés, j'ai pu regagner New York.

La vie y a repris son cours telle que je l'avais laissée trois ans auparavant. J'ai retrouvé le destin auquel j'avais cherché à échapper en partant pour la Chine : mon père m'attendait avec mes outils, mon tablier et notre savoir-faire, transmis de génération en génération. Ainsi, c'était écrit : je ne ferai plus chanter le piano, je me consacrerai à en soigner la voix. Jouer de la musique n'avait plus de sens puisque la seule personne à pouvoir écouter mon âme n'était plus à mes côtés.

J'aurais pu continuer à avancer ainsi, sans aucune prise sur la vie. Une femme, ma femme, m'a sauvé. Je lui dois tout : son amour, son énergie, sa volonté et ses combats m'ont raccroché au fil de l'existence. Elle m'a offert le plus beau des cadeaux : deux enfants, sources d'émerveillement constant. Ce bonheur familial, celui qui pince le cœur par sa simplicité et sa vérité est ma plus belle réussite.

C'est aussi encouragé par ma femme que j'ai quitté l'usine Steinway pour travailler au Steinway Hall, dans ce lieu sacré appelé Basement où les concertistes viennent choisir leur piano. J'y ai fait une rencontre déterminante, celle de Sergeï Rachmaninov dont je suis devenu l'accordeur attitré et que j'ai accompagné dans ses tournées américaines pendant plusieurs années. Son chant douloureux de l'exil m'a fait comprendre qu'une des cordes essentielles de mon être était en sommeil, que cet exil du cœur dont je souffrais depuis que j'étais séparé de toi ne pouvait rester silencieux. Je devais, à ma manière, lui donner une voix, faire de notre amour un art qui redonnerait à ma vie cet élan de vérité dont je m'étais éloigné. J'avais besoin de me rapprocher de toi, de te sentir vibrer, pleurer, prier, rire... vivre ! J'avais envie de t'entourer de toute ma tendresse, de te protéger, de te choyer, de te dire à quel point tu es un être d'exception, une lueur de pureté si rare, un élan de sincérité bouleversant, le seul cœur battant à l'unisson du mien.

Tous les pianos dont je m'occupe sont devenus des variations de ton cœur, je me suis mis à leur écoute comme j'aurais aimé passer ma vie à l'écoute de ton âme. Je les console, soigne, encourage, caresse avec sensualité... Au fond de mon Basement, loin des regards, des bavardages, des ambitions, des déceptions, loin de la vie que je me suis construite, je n'ai cessé de t'aimer tendrement, intensément, passionnément, douloureusement... sans limites !

J'ai envie de te savoir heureuse. J'espère que la vie t'a fait les mêmes cadeaux qu'à moi, que, peut-être, ton mari s'est révélé aimant et attentionné, que des enfants sont nés de votre union et ont reçu toute ta tendresse, mais je nourris aussi l'espoir que ton âme ait continué à vibrer au diapason de mon amour.

Nous nous étions découvert cette sensibilité commune des êtres calmes, ceux dont on ne suspecte pas qu'un feu ardent les anime, ceux dont la sérénité dissimule le tourment, les inquiétudes, les colères, les joies et les passions, ceux dont les sourires discrets et les gestes délicats disent plus que les déclarations les plus enflammées. Ensemble, nous existions. Notre amour, discret, pur et entier, avait les tonalités de cet *Adagio* de Bach que nous avions modelé à notre image. Chaque jour, je le joue en pensant à toi. Loin de toi, mais toujours avec toi, j'ai continué à exister.

Parfois, ma fille l'interprète pour moi et je t'entends murmurer à mon oreille. Elle connaît le chemin de mon âme, elle a ce don. Je voudrais que tu la connaisses. C'est une jeune femme libre, entière, sensible et généreuse. Elle a tant envie d'aimer et de donner… Comment vivre autrement ?

Mon fils est mort au front. Il est parti sans que je puisse lui dire à quel point je l'aimais. J'étais fier de lui, je respectais ses engagements, j'admirais ses talents de violoncelliste, il m'émouvait.

Je ne sais pas combien de temps il me reste à vivre, peut-être des dizaines d'années, peut-être plus qu'une journée. La conscience aussi brutale de la mort qui peut surgir à tout instant m'oblige à t'écrire cette lettre. Je ne veux pas partir un jour sans que tu saches…

… que mon âme n'a jamais cessé de correspondre avec la tienne. Je souhaite que, tels les amants papillons de ton Steinway, nous puissions nous retrouver pour l'éternité.

Ton dévoué,
Gustaf Schultz

Dernières parutions

Domaine étranger

Alexandra Andrews
L'Énigmatique madame Dixon

Jeffrey Archer
Ni vu ni connu

Anja Baumheier
La Liberté des oiseaux

Anne Glenconner
Dame d'honneur

Elin Hilderbrand
Un été à Nantucket

Victoria Hislop
Cette nuit-là

Gilly Macmillan
Pour tout te dire

Lydia Millet
Nous vivions dans un pays d'été

Ariana Neumann
Ombres portées

Olivia Potts
Une année douce-amère

Alexis Schaitkin
Un si joli nulle part

Lisa Wingate
Les Chemins de la liberté

DOMAINE FRANÇAIS

Catherine Bardon
Un invincible été

Fabienne Betting
La Théorie des poignées de main

Nicole Giroud
Par la fenêtre

Caroline Laurent
Rivage de la colère

Osvalde Lewat
Les Aquatiques

Ivan Nabokov et Philippe Aronson
La Vie, les gens et autres effets secondaires

Grégory Nicolas
Les Fils du pêcheur

Roland Perez
Ma mère, Dieu et Sylvie Vartan

Emmanuel Pierrat et Joseph Vebret
Ernestine ou la justice

Anne de Rochas
La Femme qui reste

Akli Tadjer
D'amour et de guerre

Pour en savoir plus sur l'actualité des Escales,
vous pouvez consulter notre site Internet
www.lesescales.fr
et nous suivre sur les réseaux sociaux

Editions Les Escales

@LesEscales

@LesEscales

MIXTE
Papier issu de sources responsables
FSC® C003309

L'éditeur de cet ouvrage s'engage dans une démarche
de certification FSC® qui contribue à la préservation
des forêts pour les générations futures.

Pour en savoir plus :
www.editis.com/engagement-rse/

Achevé d'imprimer par
Normandie Roto Impression s.a.s.
N° d'impression : 2106632
Imprimé en France